AF503238

LA
FAMILLE PERLIN

PAR

ALEX. DEVRED

PRIX : 70 CENT

Paris

A LA LIBRAIRIE THÉATRALE, BOULEVARD SAINT-MARTIN, 12

1855

— Furcy, Furcy ! hurle le père Perlin, Furcy, Furcy ! au secours ! au secours !

LA FAMILLE PERLIN

PAR

ALEXANDRE DEVRED

Au commencement du siècle où nous écrivons cette nouvelle, la petite ville de Bouchain (ancienne châtellenie et capitale de l'Ostrevent) conservait encore quelques vestiges de son ancienne importance, s'il nous est permis d'appeler insi les titres aristocratiques que rémémoraient nos grands arents dans leurs souvenirs et récits des choses de leur temps.

> C'est toujours par le premier chapitre qu'on commence.
>
> M. DE LA PALISSE.

Je n'aime pas le premier chapitre d'une histoire, d'un feuilleton. J'ai cela de commun avec beaucoup de lecteurs. Aussi l'aurais-je supprimé si je l'eusse trouvé dispensable (1); un premier chapitre, c'est le sommaire, le programme de tout un livre; il établit un point d'où l'on part, il expose une ituation qui se grave doucement dans la pensée du lecteur, l dessine et arrête un plan que son imagination enlumine et décore selon la richesse de sa poésie.

(1) Le mot n'est pas reconnu par l'Académie française. Je le maintiens cependant comme traduisant mieux ma pensée. Le lecteur remarquera dans cet ouvrage plusieurs licences de ce genre.

Eh bien ! puisqu'il le faut, traçons à la hâte les préliminaires nécessaires; après quoi, selon l'expression favorite d'un de nos honorables théatins, nous entrerons en matière.

> RIDERE, v. act., rire — montrer les dents.
>
> (Vieux *Dictionnaire latin-français*.)

Amuser en intéressant, c'est la fin que je me propose en écrivant aujourd'hui pour la première fois.

Comment vais-je m'en tirer? je n'en sais trop rien. J'ignore les règles du beau langage et l'élévation du style. Les métaphores, les synthèses, les synecdoques et autres fleurs de rhétorique me paraissent, dans mon ignorance, choses oiseuses pour ce que j'ai à raconter ici. Que les écrivains émérites traitent hautement les questions sur lesquelles on attend leur jugement, qu'ils revêtent leur pensée de toutes les beautés de la littérature française et atteignent à la sublimité, rien de mieux. Je n'ai, moi, que des scènes de famille et de vie publique à rapporter, de ces faits extraordinairement drôles et propres à désopiler la rate. Je me garderai donc bien, et pour cause, en fait de style, de servir à mes lecteurs une pomme cuite dans du papier de soie.

Nous resterons donc dans le vrai tout en frisant le merveilleux. Le reste importe peu. Tout le monde me comprendra.

Cette déclaration faite, nous disons :

A l'époque où la France commençait à ressentir le bienfait de la faveur octroyée par la cour de Rome (le concordat), les notables habitants de Bouchain, à l'occasion de l'heureux événement de la réouverture des églises rendues au culte catholique, ouvraient un concours pour l'élection d'un organiste carillonneur, lequel artiste, s'il était reconnu assez lettré, pourrait tenir une école d'enseignement primaire pour les adultes indigents et recevoir, en cette triple qualité : 350 francs argent, plus seize hectolitres de froment et les éventualités du casuel de sa charge d'organiste par chaque année. En ce temps-là, les aspirants à la place d'organiste étaient assez rares. Néanmoins, deux candidats se présentèrent : M. Lalou, de Valenciennes, peintre et musicien ; M. Perlin, de Landrecies, maître de clavecin.

Arrêtons-nous ici, pour parler un peu de Bouchain, avant de terminer ce chapitre.

Bouchain est une ville forte ou plutôt un fort habité, divisé en deux parties, haute et basse ville. Château-fort bâti par Pepin de Herstal, en 691, en actions de grâces, dit le chroniqueur, d'une victoire remportée sur Théodoric, roi de France.

A cette époque, Bouchain n'appartenait pas aux rois de France : cette châtellenie du comté de Hainaut fut comptée plus tard parmi les fiefs des ducs de Brabant. Cette ville tire son nom des rivières auxquelles elle sert de tête, et dont elle tient en quelque sorte les eaux *(os fluviorum)* « bouche des fleuves ». L'Escaut la traverse, la Sensée y afflue, et elles font de cette place une importante et quasi inaccessible position militaire au point de vue de la stratégie défensive.

D'autres écrivains font dériver l'origine du mot *Bouchain* de *Buc*, forteresse. Cette opinion trouve également sa raison d'être autant par le sens que par le fait.

Bouchain, depuis 691, subit de nombreuses transformations, à cause de son importance. Il fut pris et saccagé à diverses époques par les Saxons, les Normands et autres hordes plus disciplinées que civilisées.

Bouchain fut plusieurs fois le théâtre où se déroulèrent les drames sanglants dont ces siècles offrent l'exemple.

La tour dite d'Ostrevent, bastion carré, aux murs épais de dix pieds, est l'énorme piédestal d'un fort dominant les remparts de la ville haute.

Son sommet est une terrasse où l'artillerie, montée sur pivot, foudroie de toutes parts, et à volonté, d'une hauteur de 20 mètres au-dessus du sol.

Elle fut bâtie par Baudouin VII, en 1100 ; Charles V la fit réparer en 1532, et y encadra ses armes, en relief de pierre, sur la face sud.

Dans le travail de restauration fait récemment à cette tour, le génie n'a pas cru devoir faire revivre les reliefs mutilés de ces armes, et a fait raser de niveau ces saillies avec les autres pierres de revêtement. On ne voit plus aujourd'hui que de larges carrés longs, d'une seule pierre, en lieu et place de ces armes.

Une garde pour faire le guet et veiller à la sûreté de la ville y fut établie ainsi qu'une cloche pour l'alarme, et ce, aux frais des campagnards voisins. La solde de cette garde fut prélevée sur les tailles. Charles-Quint ajouta d'autres fortifications à cette place, qu'il voulait rendre inexpugnable.

Le gouverneur de Bouchain, en 1656, délivre Valenciennes, assiégé par Turenne et La Ferté, au moyen des écluses qu'il ouvre spontanément.

Les deux maréchaux lèvent le siège de peur d'être noyés dans leurs retranchements. La moitié de leur armée périt dans cette débâcle.

La Ferté est fait prisonnier. Un butin considérable et toute l'artillerie de siège tombe au pouvoir des assiégés.

En 1657, Bouchain envoie des troupes auxiliaires entre Étroungt et Paillencourt, et force encore Turenne à lever le siège qu'il avait mis devant Cambrai. Cependant Bouchain avait été pris par les Français en 1473 et 1477 ; par François Ier, en 1521.

La ville haute fut entièrement brûlée en 1580.

Le gouverneur, M. Paul de Carondelet, fit rebâtir la tour et l'église, fondre les cloches, et en ajouta dix-huit au carillon.

Son nom peut encore se lire aujourd'hui sur lesdites cloches. Son écusson se trouvait naguères encore sur les piliers extérieurs du chœur de l'église et ses armes gravées en relief sur la maîtresse clef de voûte dudit chœur.

La ville basse fut détruite en 1642 par un violent incendie ; à peine les maisons, presque toutes de planches, étaient-elles relevées, qu'en 1655, le 31 août, un incendie plus terrible encore que le premier ne laissa que des cendres.

Les habitants firent école de ce sinistre : ils campèrent dans l'île du petit bois jusqu'à ce que d'autres maisons de pierre, et telles à peu près que nous les voyons aujourd'hui, fussent rebâties sur les plans existants. C'est sous Louis XIV, et par Villars, le 19 octobre 1711, que Bouchain fut repris définitivement, pour être réuni au royaume de France.

Bouchain est ville noble. Ses armes sont d'argent au château de gueules.

Les environs de cette ville sont beaux, ses promenades agréables, parfois pittoresques.

Bien que le sol en soit quelque peu filandreux et marécageux, Bouchain a de fort jolis jardins et potagers, dont les fruits et légumes sont exquis, Bouchain possède ce *je ne sais quoi* qui plaît et fait qu'on se le rappelle avec plaisir alors qu'on y a séjourné quelque temps.

Maintes personnes, après avoir habité Bouchain, se sont surprises à regretter d'être obligées de s'en éloigner ; et celles dont je parle étaient bien les mêmes auxquelles ce séjour paraissait répugner le plus. C'était un trou, disaient-elles ; elles en parlaient avec une amère dérision. Il y avait de quoi crever d'ennui dans cette espèce de déportation, dans cette garenne !... etc.

Et ce dernier mot a été recueilli depuis, on ne sait par qui, pour servir de thème, aviver les misérables plaisanteries et autres variantes qu'on répète de nos jours sur cette ville aujourd'hui si tranquille. Exemple :

Quelqu'un vient-il à dire : J'arrive de Bouchain. Aussitôt son interlocuteur de lui demander : — Qu'avez-vous été faire à Bouchain ? porter un lapin ? ou chercher un lapin ?... comme si, à les entendre, les habitants de Bouchain n'avaient de mission spéciale que de se livrer exclusivement à la propagation des lapins, et d'en faire un commerce particulier plus ou moins considérable.

Vrai Dieu ! j'ai habité Bouchain pendant quinze ans, et je ne sache pas qu'on y ait nourri des lapins en vue de spéculation, peut-être moins qu'ailleurs ; et voilà pourquoi je me mets si fort en colère quand j'entends faire ces sottes allusions à l'endroit du caractère distinctif des habitants de Bouchain. Il y a lapins et lapins ; et peut-être encore y a-t-il lapin sous jeu, *si j'en crois certaine aventure que je n'oserais pas relater ici, pour raison.*

Ces allusions couvriraient bien des choses ; c'est du moins ce que mon camarade Joseph m'a certifié. Quoi qu'il en soit, il est démontré que les lapins de Bouchain ne sont pas des lièvres : ils l'ont prouvé en 1815, et n'ont rien à envier à leurs voisins.

N'anticipons pas sur les événements, et passons au concours et à ses conséquences.

CHAPITRE II.

Le roi Midas eut les oreilles allongées pour avoir rendu un verdict entaché de faux en matière de musique. (Avis aux jurés complaisants.)

Métamorphoses d'Ovide.

Les notabilités de la ville de Bouchain, M. Debague, excellent amateur président, et presque seul compétent en musique, examinèrent sur l'orgue le talent des deux artistes.

M. Lalou avait apporté une liasse de musiques écrites, bistrées au bas de la marge du feuillet droit par l'empreinte du pouce, ce qui indiquait assez et la mauvaise manière de tourner la page et la malpropreté du peintre musicien.

Lalou s'était emparé du clavier, et, au moment de l'entrée dans l'église des juges auditeurs, s'était mis bravement à l'œuvre et avait attaqué un menuet (d'Exaudet) avec variante en trémolo. Il avait continué par une gavotte, puis une ariette, et avait fini par l'air de *la Fille à Nicolas*.

M. Perlin avait attendu son tour d'exécution avec un flegme et une impassibilité imperturbables. Seulement, un fin observateur eût peut-être remarqué au pli presque imperceptible de ses tempes et aux coins de sa bouche un mouvement nerveux, rapide comme l'éclair, et trahissant une espèce de dédaigneuse supériorité.

M. Perlin était un homme d'un caractère grave et sévère, très-ami des convenances et us du temps, sachant ce qu'il se devait comme aux autres. Aussi, lorsque son concurrent eut terminé et qu'il s'approcha pour prendre place au clavier de l'orgue, sur l'invitation de M. Debague, son premier soin fut de démontrer au souffleur la manière de baisser et lâcher les bascules des soufflets intermittents, le degré d'élévation auquel il fallait laisser arriver ces leviers ; puis lui indiqua comment on pouvait neutraliser les secousses qui se répercutent dans les sons de l'orgue quand on omet cette précaution.

Ces instructions terminées, M. Perlin s'installa sur le banc, et après avoir tiré ses jeux, se mit à préluder d'inspiration, modulant et passant dans tous les tons majeurs et mineurs par de savantes et agréables transitions jusqu'à son retour au point et dans le ton d'où il était parti.

Ce tour de force lui valut de part tout l'auditoire un murmure aussi flatteur qu'on pouvait se le permettre dans le saint lieu. Il continua, après un court intervalle, par une magnifique ouverture de Balbâtre (*célèbre organiste contemporain, de Saint-Sulpice de Paris*), produisit en contrepoint quelques hymnes et antiennes en plain-chant et finit par de brillantes variations sur le chant de Pâques *O Filii*.

M. Perlin avait montré tant de tact dans la répartition des différents jeux, tant de science nouvelle, tant d'à-propos, surtout en faisant succéder à la musique mondaine de son antagoniste une musique grave et recueillie ; il avait montré, en un mot, tant de supériorité sur M. Lalou, que celui-ci en demeura comme écrasé.

M. Debague monta à la tribune pour féliciter, tant au nom des auditeurs que pour son propre compte, le sieur Perlin ; il le pria de se rendre à la mairie, adressa quelques mots de bienséance au sieur Lalou, lui disant que le conseil prendrait soin de lui faire connaître à Valenciennes son choix entre deux artistes de mérite, et se rendit à la mairie où les magistrats et notables se trouvaient déjà avec le sieur Perlin, lequel conversait avec M. Menu, excellent violoncelliste et grand amateur d'orgue. Lors, prenant place au fauteuil de la présidence, et, s'adressant à l'organiste présent, il lui parla en ces termes.

— M. Perlin, nous vous avons tous écouté avec plaisir, et vous accordons la préférence sur votre compétiteur, pour la charge d'organiste et d'instituteur élémentaire des adultes pauvres, au prix annuel de 350 francs et seize hectolitres de blé ; plus le logement pour la classe à tenir, et un bon casuel que nous tariferons selon l'idée avantageuse que nous avons conçue de votre talent.

Le conseil a foi dans votre probité et votre moralité. Il espère que vos exemples dans la vie publique et privée seront d'accord avec ceux que vous êtes appelé par nous à donner à cette classe si intéressante de nos enfants pauvres.

Vous entrerez donc en fonctions le premier juillet prochain, dans quinze jours.

Le conseil, voulant vous donner une preuve de ses sympathiques encouragements, vous accorde le bénéfice de six mois d'appointements, et inscrit votre nomination sous date du premier janvier dernier.

Voici un mandat en conséquence de 175 francs. C'est plus qu'il n'en faut pour couvrir vos frais de déménagement.

M. Perlin remercia, s'inclina et sortit presque souriant de satisfaction.

<h2>CHAPITRE III.</h2>

<blockquote>La femme doit suivre son mari partout où il lui plaira de l'emmener.
Code Civil, art.....</blockquote>

C'est en conséquence de cette nomination qu'on vit arriver à Bouchain, le 27 juin 180., une voiture ou chariot rempli d'objets mobiliers et ustensiles de ménage. Sur le devant de cette voiture était une forte botte de paille disposée en banquette, sur laquelle se trouvaient assises madame Perlin, femme d'environ cinquante ans, et ses trois filles d'âges différents. Près de la voiture marchaient les trois fils et le père. M. Perlin avait été à la rencontre de l'équipage attendu ce jour-là, et guidait le conducteur vers la maison qu'il avait louée pour y installer sa famille.

Cette maison, sise ville haute, à l'angle de la rue de l'*Arme-au-Bras*, en face d'un égout, appartient aujourd'hui, par ordre de succession, à ce cher Modeste. Encore un ancien camarade à moi. C'est pour lui que j'insiste sur ces détails, afin qu'il puisse rendre témoignage au besoin de la vérité de ce que j'écris.

Entrons maintenant en connaissance avec la famille Perlin, dont nous écrivons partiellement l'histoire et d'autant plus volontiers que nous n'avons qu'à en citer des faits avouables, en partie connus des habitants contemporains de la petite ville de Bouchain, protestant à l'avance contre toute mauvaise interprétation. L'honneur du prochain est à mes yeux une arche sainte sur laquelle je ne poserai pas une main sacrilége.

M. Perlin, nous l'avons dit, était un homme grave et sévère. C'était un type caractéristique ; grandeur moyenne, figure carrée, cheveux hérissés en brosse et grisonnants ; à la parole brève, ne causant jamais, riant encore plus rarement, ne se complaisant qu'alors qu'il s'agissait d'admirer ses pigeons, ses petits oiseaux et ses fleurs.

D'une humeur bourrue, parfois cruelle, toujours sauvage ; je n'ai jamais pu me rendre compte de son impressionnabilité.

Quand ses œillets s'ouvraient sous la bienfaisante influence d'une douce rosée, il s'enivrait délicieusement à l'aspect de leurs couleurs jaspées, il suivait de l'œil l'écartement de leurs corolles, et aspirait leur parfum avec une indicible volupté.

S'il admirait ses pigeons, les mains plongées dans les poches de derrière de son éternelle capote gris de rouille, et qu'on venait à lui dire :

— M. Perlin, vous avez de bien beaux pigeons ! Sa figure rayonnait, il vous regardait et vous remerciait d'une sorte de sourire, disant avec une émotion impossible à contenir :

— Y y-z-ont des pattes comme des dindons et des yeux comme des perroquets, et puis.... C'était tout, M. Perlin retombait dans sa muette contemplation.

Le temps qu'il ne passait pas auprès de ses élèves était partagé entre les soins à donner à ses fleurs, à ses oiseaux et à la culture d'un petit jardin potager qu'il louait en bas des glacis de la porte Haute.

<h2>CHAPITRE IV.</h2>

<blockquote>Pour bien parler il faut ouvrir la bouche et desserrer les dents.
LHOMOND.</blockquote>

Madame Perlin était une femme de moyenne taille, originaire du Grand-Fayt, près Landrecies.

Le jeune Perlin était entré en connaissance avec elle et l'avait distinguée entre ses compagnes, au couvent des dames religieuses de cette ville, pensionnat et école d'élite, où les demoiselles apprenaient à lire, écrire, compter, travailler de l'aiguille, et autres ouvrages d'agrément nécessaires aux femmes.

Elles y apprenaient à connaître Dieu et les vérités de leur religion, s'y préparaient à l'acte important de la première communion, et savaient surtout, en sortant de là, comment elles devaient se conduire dans le monde, et à cette occasion, je consigne une observation majeure et dois établir un paradoxe.

J'aime le progrès, mais en fait de progrès j'avance ici que l'éducation des femmes *en général* était mieux ordonnée et surtout mieux comprise vers la fin du siècle dernier que de nos jours.

Je vais plus loin, et je dis que le système d'instruction qu'on suit à leur égard est plus superficiel que sérieux. Haro! allez-vous crier, haro sur le baudet qui vient se poser en réformateur du mode d'instruction usité dans nos pensionnats pour dégrossir, façonner et perfectionner cette plus belle partie du genre humain, ce mirifique ornement de la société. Haro!... — Haro tant que vous voudrez, mais en fin de compte quelqu'un aura raison.

Nos intéressantes demoiselles entrent en pension; pensions toutes recommandables sans doute par leur tenue, leur haute moralité, l'abondance des sciences qu'on y démontre. — Accordé.

En même temps que ces jeunes personnes apprennent leur catéchisme, les éléments de la grammaire et l'arithmétique, elles apprennent la mythologie, ou les amours, enlèvements, incestes et autres énormités des divinités du paganisme. Science jugée apparemment indispensable.

Elles étudient l'histoire ancienne ou les crimes des Grecs, des Romains, jusque dans leurs plus intimes particularités. Elles ignorent ou *à peu près* celle de leur pays; histoire dont les pages sont riches d'événements au moins aussi intéressants, et de nature à éveiller et surexciter dans leur jeune cœur des sentiments d'amour et d'affection pour leur mère patrie. Elles réciteront comme devoir quelques lignes de série dynastique, sans prendre attention aux temps, aux époques.

Vient-on à les interroger sur le temps présent, ou en remontant seulement de vingt ou trente ans?

Elles sont d'une faiblesse déconcertante.

Une lauréate, *premier prix d'histoire de France*, me permit, en août dernier, de lui adresser quelques questions. Voici ce qu'elle répondit à mes demandes :

D. En quelle année mourut Jeanne d'Arc?

R. En 1442.

— Quelle fut sa fin?

— Brûlée vive.

— Sous quel roi de France?

— Charles VII.

— Très-bien. J'aurais désiré avoir une autre couronne à lui offrir et allai la remercier; quand je m'avisai de lui demander, moins sérieusement :

— Louis XVIII, de qui était-il fils?

— De Louis XVI. (Sans sourciller.)

— Comment mourut le duc de Berry?

— Par le fer d'un assassin en 1821.

— Quel était son père?

— Je n'en sais rien.

— Avait-il un frère?

— C'est possible.

— Combien Louis XIV a-t-il eu d'enfants?

— Je ne les ai pas comptés.

La lauréate se sauve en riant; elle est persuadée qu'elle a fait de l'esprit.

Elles apprennent la géographie, connaissent les longitudes et latitudes des pays et contrées où elles n'iront jamais; elles savent par mémoire le dénombrement du Céleste Empire et de la Cochinchine et ne connaissent pas la population de l'endroit qu'elles habitent. Elles ont pénétré en esprit jusque dans l'Australie; elles ignorent la composition de leur département.

Elles ont dessiné les quatre parties du monde, et pas une ne saurait tracer à peu près la carte de son canton.

Demandez-leur les degrés et minutes de Villers-en-Cauchy ou de leur endroit, apportez-moi leur réponse, ce sera curieux.

Elles passeront trois mois s'il le faut sur un travail de broderie, de fleurs, de tapisserie, pour voir leur nom accolé à cet ouvrage le jour de l'exposition générale. Cela flatte leur vanité. Pendant ce temps, elles oublieront un trou ou deux à ressasser à leurs bas et renverront aux parents leurs effets dans le plus désastreux état.

D'autre part, zèle outré pour les leçons de maintien et exercices chorégraphiques.

Elles apprennent à caqueter, à faire des petits mystères, des cachotteries, à singer les grandes dames, se donnant des airs, se drapant dans leurs oripeaux, tirant vanité d'un chiffon et regardant avec une sorte de morgue insolente celles de leurs compagnes qui ne portent pas sur elles des dépouilles d'animaux réputées de mode.

Quel honneur pour un lapin ou un chat de voir des créatures d'un ordre supérieur s'enorgueillir de pouvoir revêtir les dépouilles ou les robes de leurs semblables!...

Elles apprennent les beaux-arts, le chant, le piano, le dessin, la peinture, parfois aussi les langues étrangères.

Le chant : — reviennent-elles en vacances. —

Heureux parents! pour fêter le retour de ces chers enfants, tuez le veau gras, conviez vos amis et vos proches. Au dessert, la demoiselle est invitée à chanter; la demoiselle minaude, se fait prier, répond invariablement : — Je ne sais pas chanter, je ne sais pas chanter.

Le père, qu'un tel refus exaspère, interpelle sa fille à son tour, et lui intime l'ordre de chanter; il a payé des leçons très-cher, le bonhomme, il veut savoir pourquoi, c'est bien naturel.

La demoiselle se trouve humiliée de l'ordre motivé de son père; rougit, se trouble, pleure, sanglotte et se met dans une impossibilité complète d'obtempérer au désir de la société (premier tableau). Admettant cependant que la jeune personne n'ait pas payé de fausses raisons pour ne pas chanter, n'ait pas prétexté d'un rhume, fait des efforts inouïs pour tousser, et se soit rendue de bonne grâce aux sollicitations qu'on lui adresse depuis tantôt une demi-heure.

Elle s'avancera vers le piano, *car je suppose un piano; il y en a partout aujourd'hui; où il n'y en a pas, on en loue, ce qui revient au même.*

Elle s'avancera, dis-je, ou se laissera conduire vers l'instrument par un officieux ou galant convive. Là, elle commencera la ritournelle d'une romance assez... chose... Quand on lit cette romance on la trouve un peu avancée pour l'âge de la jeune fille. Il s'agit *d'une fille qui aime et hésite à le dire.*

Pourquoi la demoiselle a-t-elle choisi cette romance? C'est pour la musique sans doute. — Elle doit être jolie, la musique, pour qu'une jeune personne chante cette *furiosa amorosa;* il serait peu généreux de lui supposer d'autres raison que celle-là.

Pendant la ritournelle, la demoiselle tient extraordinairement à prouver qu'elle a une poigne solide, et au lieu de préparer son auditoire à l'écouter en silence, fait du bruit comme quatre caporaux et un homme, pèse de tous ses efforts sur la pédale forte et s'arrête au milieu d'une mesure pour s'écrier : Papa... tu n'as donc pas fait accorder mon piano? il est faux comme tout. C'est un sabot, il faudra m'en acheter un autre, je ne puis pas chanter avec ça. — Nous verrons plus tard; chante toujours. Mais, tu m'étonnes... il n'y a pas six mois que j'ai donné dix francs à un accordeur pour le repasser et le mettre en état. Je croyais qu'il ne devait pas avoir besoin si tôt.—Oh! alors, je ne suis plus surprise. S'il y a six mois... tu t'imagines qu'un piano garde l'accord six mois, toi? A la pension, on accorde plus souvent que tous les mois.

— C'est égal, chante tout de même.

— Oui, pour t'obéir, *puisque tu m'y forces*, mais ça ne sera pas beau, je t'en préviens.

La demoiselle commence. Elle s'accompagne si fort qu'on ne comprend exactement rien.

On saisit parfois quelques mots.

— Je t'aime, aou.

— Te le dirai-je, aou.

— Quand te verrai-je, aou aou.

La chanson terminée, on claque des mains, on démanche les couteaux, et chacun d'adresser des compliments plus ou moins sincères, d'assommer à coup d'encensoir la fille et l'heureux père d'un tel trésor.

La demoiselle est radieuse, elle croit pouvoir regarder madame Stoltz en face, elle se trouve grandie de moitié, sourit à tout le monde et veut recommencer une nouvelle romance en *aou.*

Le père se frotte les mains et prend du tabac quand il en use.

L'enthousiasme de la demoiselle est monté avec sa voix bien au delà du diapason de son accompagnement. Arrivée au troisième couplet elle se trouve en *fa* pour la partie vocale et s'accompagne avec quatre dièzes à la clef!... Les bravos recommencent, les verres se remplissent et se vident rapidement.

Pour saluer et remercier la jeune fille, on porte des toasts à toutes ses vertus l'une après l'autre. On la loue, on la surexalte, on dit des bêtises. La jeune virtuose aux pieds de laquelle on a humilié nos talents et nos célébrités ronflantes avale tout cela, baisse les yeux, rougit de plaisir et ne peut mieux traduire sa gratitude qu'en annonçant une troisième romance fort jolie, dit-elle. A cette annonce, un silence solennel, écrasant, succède au bruit des conversations, on se regarde, un désappointement général se traduit sur toutes les physionomies, celle du père excepté. Chacun vide son verre et sent le besoin d'humer un peu d'air vital.

Un autre fait semblant de prendre comme à regret une direction aussi naturelle que pressante et obéit comme malgré lui.

Celui-ci tire de sa poche sa blague à tabac et l'offre à ses voisins. Les fumeurs en prennent, ceux qui ne fument pas roulent des cigarettes pour avoir occasion de passer dans la cuisine, et au moment où la jeune personne va plaquer son premier accord, elle s'aperçoit que, moins son estimable père et une vieille grand'tante sourde qui cause avec son griffon, la salle est entièrement évacuée.

. . . .

La jeune fille pâlit, jamais elle ne s'est sentie aussi vexée. Les brutes! les butors! peu à peu elle réfléchit, le voile tombe de dessus ses yeux; elle a compris.

C'est une rude leçon, de toute la soirée on n'obtiendra plus rien d'elle.

Disparaître, monter à sa chambre, s'y barricader, déguiser sa retraite impolie par l'annonce d'une migraine, voilà ce qu'elle trouve de mieux à faire. Seule avec ses pensées, désillusionnée pour l'avenir, aura-t-elle le bon sens de juger, d'apprécier et de profiter? — J'en doute.

Pour les autres arts, c'est différent.

On apprend à dessiner, à peindre; on a un album, quelques cartons finis ordinairement par le maître; rentrée chez soi, adieu crayons, adieu palette. — Y en a-t-il cinq sur cent à qui ce goût survive?

Et les langues étrangères?

Envoyez donc ou plutôt risquez donc un voyage en Allemagne, en Italie ou en Angleterre avec des truchements de cette force-là!... A quoi donc cela sert-il?

C'est assurément bien joli de pouvoir dire : J'ai appris l'anglais, ou l'italien, ou l'allemand deux ou trois ans; je n'en sais plus un mot (1).

Je vois que je me suis trop étendu sur cette dissertation. Je n'ai pas fini et j'y reviendrai.

Complétons le signalement de madame Perlin.

---

(1) Ici je me surprends en flagrant délit de plagiat. Je crois me rappeler avoir lu quelque chose de semblable à cette appréciation dans je ne sais plus quel ouvrage de notre spirituel écrivain, M. Alphonse Karr.

On a écrit sur tant de sujets déjà, qu'il est bien difficile de ne pas se rencontrer en communauté d'idées avec quelque devancier. Tout en respectant l'immense distance qui me sépare du célèbre littérateur précité, encore dois-je confesser ici très-humblement qu'ayant lu beaucoup, je pourrais involontairement, en croyant exprimer une idée mienne, ne produire qu'une pâle réflexion de mémoire, semblable à certains compositeurs, lesquels, avec la meilleure foi du monde, signent de leur nom un motif d'opéra de grand maître.

Je proteste donc de mon respect pour le bien d'autrui par cette déclaration, et laisse de bon cœur à César ce que César pourrait revendiquer dans le cours de cet ouvrage.

A. DEVRED.

CHAPITRE V.

Unam petii a Domino et eam requiram.

DAVID.

Nous avons dit au commencement du chapitre précédent comment M. Perlin avait remarqué celle qu'il appela plus tard son épouse.

Mademoiselle Éléonore Dubar était recommandable par une véritable modestie. Ses traits et son maintien étaient empreints d'un air de dignité qui l'aurait fait prendre pour une personne de famille considérable.

Elle n'était pas jolie, mais sa démarche noble et posée, un certain balancement du corps lui donnaient une de ces tournures qu'on aime à remarquer chez les femmes et que l'art, quoi qu'il fasse, ne peut parvenir à imiter entièrement.

M. Perlin donnait des leçons de musique au couvent, faisait répéter chaque semaine aux nonnes et aux élèves les chants et motets qu'on devait exécuter le dimanche suivant, et préparait deux jeunes sœurs à la science de l'orgue.

M. Perlin, chaque fois qu'il avait vu Éléonore, l'avait saluée bien révérencieusement, et ce salut, mademoiselle Éléonore le lui avait rendu non moins révérencieusement.

Un jour, c'était celui de la Fête-Dieu, mademoiselle Éléonore suivait avec les autres pensionnaires en ordre le cortége de la procession de ce jour. Une légère brise retourna un feuillet du livre qu'elle tenait ouvert et une image s'en échappa. L'aile d'un complaisant zéphir déposa cette image dans la zone explorée par Perlin.

Celui-ci, bien que pénétré des sentiments de piété et de respect qu'on doit éprouver en semblable occasion, se trouvait dans le voisinage de celle qu'il admirait furtivement et qu'il demandait dans son cœur à Dieu pour épouse.

Il avait surpris cette phase incidente, s'était précipité à la poursuite de l'image et avait eu le bonheur de la conquérir.

D'autres auraient rendu l'image à celle qui la regrettait; Perlin, lui, la garda.

Huit jours après, la classe se rendait au réfectoire; Perlin attendait le passage d'Éléonore; quand il l'eut aperçue, il lui montra de loin la bienheureuse image et la lui présenta.

Éléonore la prit et le remercia d'un sourire qui exprimait toute sa satisfaction : — Merci, monsieur, lui dit-elle, je désespérais de la revoir.

Les jeunes personnes, à cette époque, portaient des poches reliées à une espèce de ceinture appliquée au-dessus des hanches, sous jupe. Ces poches augmentaient les formes de celles qui n'en avaient que d'indéterminées et servaient, comme on le voit, la coquetterie du temps. C'était une ressource pour renfler les tournures.

Éléonore glissa l'image dans sa poche.

Quand le repas fut terminé et qu'elle monta au dortoir commun pour y chercher son livre de messe et y remettre l'image voyageuse, quelle ne fut pas sa surprise en voyant sur le revers de cette même image une pensée peinte à l'aquarelle, surmontant ces seuls mots :

Intéressante Éléonore!.....

Son cœur battit bien fort; elle essaya d'en contenir les pulsations avec la main sans trop de succès : elle retourna l'image; c'était bien la même échappée de son livre à la procession du jeudi précédent, elle lui revenait enrichie d'une complication significative, mais d'une délicatesse qui lui fit plaisir.

Dans son innocence, elle admira le stratagème; il n'y avait pas moyen de se fâcher.

On ne pouvait pas non plus détruire l'image en parchemin, illustrée de fines et imperceptibles découpures, seul et dernier souvenir d'une religieuse dont elle avait été tendrement aimée.

Elle se promit cependant de dissimuler et de punir l'indiscret jeune homme, ce qu'elle fit, car la première fois que Perlin la salua, elle ne lui rendit pas cette politesse.

Tout va bien, se dit Perlin, tout va bien.

CHAPITRE VI.

Sunt nobis mitia poma
Castaneæ molles et pressæ copia lactis.

VIRGILE.

Deux mois s'écoulèrent sans qu'il ait été tenté de part et d'autre aucun moyen de rapprochement ou de communication indirectement ni directement.

Perlin savait en avoir assez fait pour instruire Eléonore de ses sentiments, et il aurait répugné à son honnêteté de jeune homme de trahir la confiance dont il était investi dans ce respectable asile en poussant plus avant ses projets et desseins; et soit que Eléonore eût laissé échapper de ses yeux quelque fluide sympathique à son insu, encore est-il que Perlin n'éprouvait aucune de ces transes ou inquiétudes qui travaillent les amoureux vulgaires.

L'époque des vacances arrivée, Eléonore revint auprès de ses parents pour *tout à fait*. Elle savait lire et écrire correctement, compter, filer le lin, coudre très-joliment, tailler et confectionner chemises, robes, corsets. Elle savait apprêter le linge, repasser, plisser, tuyauter les coiffes et gorgerettes, tricotter des hauts de chausses, façonner des pantoufles saines et chaudes avec des lisières de drap; elle avait appris aussi à faire le point de dentelle, talent très-apprécié à cette époque et bien rémunéré. Cette science assurait des moyens d'existence aux jeunes personnes qui la possédaient.

Les parents jugèrent que leur fille en savait assez pour sa condition; la mère se chargea du reste. Elle lui démontra d'abord la manière de faire le pain, et avec la farine, le beurre et les œufs, à confectionner diverses espèces de gâteaux, tourtes et patisseries, avec addition de fruits frais ou secs, selon la saison.

Eléonore apprit surtout la bonne cuisine, la grande et inestimable science de bien faire un dîner, de tirer le meilleur parti possible des viandes et comestibles en général; elle apprit à les choisir, à les recueillir, les conserver, les préparer en temps et à faire présider dans toute l'économie distributive de l'art culinaire une méticuleuse et irréprochable propreté.

Eléonore apprit aussi à traire les vaches et fut initiée aux mystères des transformations du lait. Le beurre qu'elle pétrissait de ses petites mains blanches et le fromage qu'elle pressait devaient avoir ce goût de noisette qu'on savoure si volontiers quand on prend un repas dans cet excellent pays de pâturages.

Qui ne connaît pas Maroilles connaît au moins ses fromages. — Je parle des bons, car MM. les épiciers de Bouchain n'ont pas toujours ce qu'il y a de mieux. J'en ai pourtant mangé de bien bon chez un grand amateur de musique et connaisseur en fromage, encore un camarade à moi; mais quand je songe à celui que j'ai eu le triste courage de *mâcher* chez Alfred, un jour où j'étais allé lui demander à déjeuner sans cérémonie, je me sens comme un regret. Réflexion faite, j'aurais dû le garder pour en tenter l'essai sur les procédés des queues de billard; je suis convaincu que j'aurais opéré avec succès dans les effets rétrogrades.

Aujourd'hui, un bon fromage de crème se vend 1 fr., et 1 fr. 20 c. les plus forts. Je signale cette particularité aux vrais amateurs, lesquels sont souvent réduits à Bouchain à ne voir figurer sur leurs tables, au moment du dessert, qu'une espèce de morceau de marne, ignoble contrefaçon faite de lait crémé.

CHAPITRE VII.

Le coq altier, les poussins et leurs mères
De mon fumier disputeront le bien.

DESMOUTIER.

Eléonore recueillait les œufs, et, parfois, sur l'ordre de sa mère, en laissait un certain nombre pour l'éclosion. Les poussins arrivés, c'était elle qui leur préparait leur première nourriture : elle aimait à vaquer à ces soins tout en rêvassant; elle avait dix-huit ans. C'était pour elle une leçon d'amour maternel que cette si touchante sollicitude d'une mère pour ses petits. Elle voyait cette poule naguère si faible, si peureuse, terrible aujourd'hui, tenir tête et défendre sa progéniture contre les animaux qui auraient pu les inquiéter ou leur nuire.

Ainsi se passaient les premiers mois du retour d'Éléonore au sein de sa famille, employant parfaitement son temps, aidant sa mère, profitant de ses conseils et ne sortant qu'avec elle pour aller à l'église ou aux pâtures.

Perlin, ne voyant pas revenir Éléonore, commença à devenir de plus en plus inquiet. Il sentit que son cœur était un peu plus intéressé qu'il ne le pensait. Il résolut de pousser une reconnaissance jusqu'au Grand-Fayt, distant de dix kilomètres de Landrecies.

C'était un dimanche de septembre. Perlin, après avoir bien dîné, s'achemina vers Fayt. A mesure qu'il approchait du village, il ralentissait sa marche, autant pour calmer son émotion que pour réfléchir à la manière dont il pourrait s'y prendre pour arriver aux fins légitimes qu'il se proposait. Sans doute, il verrait Éléonore au sortir de l'église, mais il n'oserait l'approcher, encore moins lui parler.

— C'est égal, dit-il, nous verrons bien.

Sans délibérer plus longtemps, Perlin incline son tricorne sur sa tête de façon à se donner un petit air conquérant, l'assure d'un coup de poing, et se dirige résolument vers le village dont il vient d'apercevoir l'extrémité du clocher, laquelle se détache sur un fond boisé. Il arrive au moment où la cloche tintait le dernier appel aux vêpres.

Perlin a endossé son habit cannelle, sa veste de soie jonquille, exhibé son jabot tuyauté et bordé de dentelle.

Perlin a acheté un beau ruban moiré noir pour enfermer sa queue; il en laisse flotter les bouts de manière inégale. Perlin a des boucles en argent ciselé, des bas chinés et une culotte bleu clair. Il veut faire effet, frapper un grand coup, paraître enfin avec tous ses avantages. L'excès du sentiment le rend peu révérend, comme on va en juger.

Il entre dans l'église, se dirige vers le chœur, met un genou en terre, se relève, entre hardiment dans la sacristie, salue respectueusement M. le curé, s'incline vis-à-vis des autres officiers, s'annonce comme professeur de chant de Landrecies, et obtient facilement l'honneur de siéger au lutrin. Une place réservée lui est aussitôt offerte, il l'accepte ainsi qu'un *Vesperale* en plain-chant; ce livre lui est familier.

On s'agenouille, et après le *Pater* et l'*Ave*, dits à voix basse, l'officiant se lève et entonne : *Deus in adjutorium meum intende.* Le clerc vient de s'apercevoir qu'on a oublié d'allumer les chandelles. Il empoigne un enfant de chœur par l'oreille et lui adressant la parole en chantant répond au curé : *Domine, aleum les candels me festina...* L'enfant ne se le fait pas répéter. Son oreille tourne à l'indigo.

Les vêpres continuent.

Éléonore ne tarde pas à arriver avec sa mère.

Recueillie et les yeux baissés, elle se trouve distraite dans ses pieuses méditations par une voix qu'elle a déjà entendue; elle lève les yeux et rencontre le regard de Perlin fixé sur elle, ce qui la fait prodigieusement rougir.

Perlin se dit encore : — Tout va bien.

M. le curé a prié Perlin de chanter en dialogue une strophe de *Magnificat* en musique. Perlin a consenti. Il trouve des ressources nouvelles dans sa voix, en fait vibrer harmonieusement les plus belles cordes, exprime avec âme et une chaleur toute chrétienne cette exaltation que l'Eglise met dans la bouche de la Mère de Jésus...

Les assistants se regardent et sont stupéfiés d'admiration. Éléonore prie de tout son cœur; jamais elle ne s'est sentie plus de piété. Cependant elle ne quittera plus les yeux de son livre, et, les vêpres terminées, elle abandonne son banc avec sa mère sans regarder autre chose que sa chaussure.

Perlin va saluer de nouveau M. le curé, et en reçoit de sincères félicitations. Elles étaient méritées.

Perlin, invité à se rendre au presbytère, décline pour cette fois l'honneur qu'on lui fait; mais il est repincé au sortir de l'église par le clerc, et ne peut se défendre d'accepter un verre de bière, en qualité de confrère, au cabaret d'en face, lequel a pour enseigne : *A la bonne femme.*

L'auteur de cette enseigne a représenté une femme vêtue jusqu'à la gorge, mais de tête point.

Perlin et le magister sont entrés. Ce dernier interpelle une grosse fille à la figure rouge, aux bras rouges, aux mains rouges, et lui dit : *Tripette* (Il paraît que Tripette c'est le nom de cette fille), *Tripette, allez-nous querr chaqu' eune triboulette d' fraique bierre. — Ejou d' chel vielle u ben d' chel jone? — Vos n' avez d' deux sortes déont?—Awi.— Eh ben, apportez-nous toudi d' chel jone; pu tard, quand nous l' zarons wuidiées, nos buvrons d' chel vielle pou voir si alle est meilleurte.*

Tripette descend à la cave et ne tarde pas à en remonter avec deux pots à manches, en grès, pleins de bière tirée à flocons, dont la mousse s'échappe et ruisselle extérieurement.

Tripette tient les triboulettes par leurs manches et les présente ainsi à chacun de ces deux messieurs.

Magister prend la sienne; mais Perlin ne sait par où prendre celle qu'on tient devant lui. — *Ejou pour oujour- d'hui?* dit Tripette. — Perlin, poussé à bout, se croit sauvé. Il vient de trouver un moyen de tourner la difficulté. — Posez-la sur cette table, je la prendrai à mon tour. — *Ach- teurre*, dit la grosse réjouie, *ejou q' voz avaites peur d' ta- quer vos mains? J' vas vos d'aller quer eune loque pou vous praindre ech' mainche, y est aussi embarbouillé que l' reste.* — Et la grosse fille s'éloigne en riant aux éclats.

Plusieurs villageois étaient à la porte et hésitaient à en- trer, à cause de l'incertitude du temps. Or, s'il devait pleu- voir, il n'y avait pas à espérer de pouvoir danser sur la pe- louse, et ces messieurs étudiaient l'état du ciel en émettant des avis différents.

— *Ch' est du temps dur*, disait l'un.

— *L' vin est de biche*, disait l'autre.

— *Noufé*, disait un troisième, *ch' vin est en négoce.*

— *Nos arôtes ben d' l'orage*, disait-on à côté.

— *T' taleur y a éclité un cô.*

Et le nez tendu en l'air, les yeux fixés sur le coq du clo- cher, ils ne paraissaient guère devoir changer de position de quelque temps; quand, tout à coup, une volée de pigeons se dirigeant vers son colombier passe perpendiculairement au-dessus de nos villageois, dont un reçoit au milieu de la figure un topique chaud et visqueux, tombé des régions su- périeures, pousse un cri, ses camarades se retournent, c'est une explosion de rires fous; on se précipite dans le cabaret, on tombe : qui sur des chaises, qui sur les tables.

Y n' s'attendôt point à ch' temps là.— Deux lignes pu haut y étot éborgné. — Au moins y pourra nous dire si cha est chuqré, y n' d'a pas perdu eune larme!

Perlin croit qu'on rit de lui et ne veut pas passer pour un freluquet ou un petit maître. Il empoigne la triboulette, la heurte contre celle du magister et la porte résolument à la bouche.

Mais Perlin n'a jamais bu dans ces sortes de pots un peu resserrés à l'orifice et riches d'un brochon. Il ne prend aucune des précautions nécessaires pour éviter une catas- trophe. Aussi, pendant qu'il boit, une rigole découle tout doucement par ce brochon, inonde le jabot à dentelles, suit la pente naturelle sur la veste, la culotte, les bas chinés et ne s'arrête qu'à terre pour y former une petite mare.

Perlin s'aperçoit trop tard de sa maladresse. Il est furieux contre Magister, contre Tripette, contre lui-même; comment osera-t-il maintenant s'exposer aux regards d'Eléonore si elle vient tout à l'heure voir les divertissements et peut-être y prendre part !... Il n'y a pas moyen de se présenter comme cela. Perlin songe à regagner Landrecies; mais Magister ne lâche pas ainsi un collègue; il a encore trop de choses à lui raconter de ses exploits et de sa supériorité sur les clercs des villages voisins.

Eine fos, dit-il *nos avons fé assot aveuque deux des pus forts cainteux de ch' pays chi. Nos avons cainté l'ain après l'aut l' même côse. Après cha, nos avons cainté ainsanne, pour vir ch' ti qu'ain aintendro par-dessus l'z' autres. Mi, j' les laisso s'étranner à cainter et j'attendos qu'chel clé qu'al vinche à quainger, adonc qu'ein monte tant qu'ché tassez pou m'y donner min cô d'gosier, si ben, qu' quaind nos avons été arrivés à ch' l'indro la, y n' dy a un qui a resté ain raque, l'aute qui volôt m' suir, y ouvrot s' bouque si grainde eque' tout d'un cô y n'a pu pu l' fermer.*

Un s'est tertous mis à rire, pensint qu'il l' fesot esprès

---

mé, ch' nèto point des jus; y a fallu aller quer ch sirur- gien qui l'y a remis s'bouq à côs d' poing dur et lotaing, et du mal assez.

Pendant ces récits, auxquels Perlin ne prêtait qu'une médiocre attention : les nues s'étaient amoncelées, le gron- dement du tonnerre se rapprochait sensiblement, le jour s'assombrissait, et de larges gouttes de pluie commençaient à tomber.

Perlin se dirigea vers la porte en s'efforçant de prendre congé de son interlocuteur, mais celui-ci lui tenait la main comme dans un étau.

Vos avez bin l' temps, lui disait-il, *y n'y a foque pou deux tiotes heures ain s' proummaint. J' vos r'conduirai ain bon bout d' quemin.*

Perlin a trop attendu. Le tonnerre se fait entendre de plus en plus fort; les échos des bois environnants doublent ses détonations : les cataractes du ciel s'ouvrent, et une pluie diluvienne tombe incessamment pendant deux heures.

Il est huit heures du soir. On ferme les portes de la ville à neuf heures et demie. Il est impossible que Perlin puisse rentrer chez lui. Les chemins sont défoncés. Il lui faudrait au moins trois heures. Force lui sera de coucher au village. Faisons comme lui.

CHAPITRE VIII.

Agedez-moi de gonviance;
D'être honnête domme je m' vais vort :
J'aim'rais mieux d' brévérence,
Voler, voler, que d' vaire ti dort.

Le Juif, chansonnette.

Les jeunes gens fument, boivent, se disputent, jouent aux cartes, crient, gesticulent, font un vacarne épouvantable. Tout cela n'amuse pas Perlin. Il prie Magister de le conduire à la meilleure auberge de la commune. Là, il espère respirer dans une atmosphère moins chargée, et pouvoir honnêtement remercier le clerc de sa société.

Celui-ci le conduit chez Gaspard, au *Lion d'Or*, auberge très-confortable.

Perlin demande s'il pourra loger, et sur la réponse affir- mative du maître, remercie, salue le clerc, l'engageant à venir le voir quand ses affaires l'appelleront à Landrecies; ce que le clerc lui promet en lui disant :

— *Soyez trinquil : j'yros putôt esprès qu' d'y minquer.*

L'aubergiste demande à Perlin s'il soupera, Perlin ne demande pas mieux, mais il faut attendre que tous les lo- geurs soient rentrés et il n'y a encore que deux personnes : un marchand de parapluies et un autre jeune homme porteur d'une petite cassette à compartiments.

Perlin prend une chaise et va s'asseoir dans un coin, la tête plongée dans les deux mains. Le jeune homme à la cas- sette s'approche de lui et dit.

— *Il me zemble qué Mossieu ne m'est pas ingonu.* — (Silence.) — *Chai décha rencontré Monsieu quelque bart.* (Même silence.) *Je barie que Monsieu n'est pas du bays?* — Perlin relève la tête et voit ce jeune homme pour la pre- mière fois.

— *On foit tut de suite quant un chèn' homme a eine tournure tistinguée ; ché ne me drombe bas sufent.*

Bien que Perlin ait le désir d'être seul, il ne peut sans incivilité garder plus longtemps le silence et répond enfin :

— Monsieur se trompe assurément ou me prend pour un autre, car je suis de Landrecies et ne voyage pas.

— *C'est dégal : chai fis ai fu à Lantrecies alors... — Voilà tu pien maufais demps pur foyacher.* — Oui, répond Perlin en baillant énormément, je pense comme vous.

— (Silence.) — *Che vous temante pien parton si che me bermets une guestion. C'est gue ché n'ai chamais vi une, bli cholie gulotte que la fotre. Cela doit fenir de Baris ?*

— Nenni : j'ai acheté ce drap à Landrecies et notre tail- leur costumier me l'a faite sur mesure.

— *Che ne zuis bli surbris alors ; je me tisais bien : ça*

ne beut bas fenir de Baris ; à Baris on n'aurait bas mis des bougles gomme celles-là.

— Que trouvez-vous donc d'extraordinaire à mes boucles ? Est-ce qu'elles ne vous plaisent pas ?

— *Ma voi si.* — *Ca m'est dégal ; mais si c'était moi, je brévererais un poût de rupan à ces bougles-là ; il y a bli te vingt ans qu'on n'en borde blus.*

Perlin, qui a de jolies boucles d'argent ciselé que convoite l'enfant d'Israël, se sent un peu rougir et répond avec doute :

— Vous croyez ?

— *Bardi : che grois pien, et le sais encore mieux. Denez : foilà la ternière mote, ce qui se borte le mieux à la gour. Chen ai fentu à sa machesté et a presque tous les cheunes zeigneurs à Fersailles, il y a quinze chours.*

Ce disant, l'adroit Israélite ouvre sa cassette et étale aux yeux de Perlin une quantité d'articles de fantaisie : boucles en acier poli, unies et à reliefs, épingles, breloques, chaînes, clefs et cachets de montre, etc., etc.

Perlin est un instant ébloui par ces objets qui miroitent à la lumière. Le juif ne perd pas de temps, et le voyant fixer une paire de boucles en acier pour culottes, enlève lesdites boucles, et les montrant à Perlin de très-près, lui dit : *Voici exactement les mêmes que le marquis de Ferneuil m'a choisi pour le ternier pal de la gour. J'en avais blis que teux paires. Voici l'autre.*

— En effet : dit Perlin, c'est très-joli.

— *Vaut voir l'effet que ça vait !... denez : ezayez-en une.*

Et sans attendre son consentement, notre hébreu se met en devoir d'ôter une des boucles ciselées du genou de Perlin et de la remplacer par celle en acier.

Le juif s'extasie sur l'excellent effet de cette substitution. A l'entendre, Perlin ne serait plus le même. Rien ne donne aussi bon genre. Au reste, un jeune homme doit suivre les modes et ne pas provoquer le ridicule en portant des objets surannés. Il entortille et allume si bien Perlin, que celui-ci lui demande le prix de ces boucles.

— *Mon ger mossieu, tous les cheunes seigneurs qui m'ont ajeté ces bougles les ont bayées six gouronnes ; mais afec vu, ché vu lé basserai au brix goutant,* dix écus.

Perlin soupire, il n'a que deux pièces de six francs et quelque menue monnaie dans sa poche ; il faut s'interdire ce luxe. L'autre fait mine de vouloir détacher la boucle. Perlin l'arrête.

— Si vous vouliez reprendre les miennes qui sont en argent, ne pourrions-nous pas nous entendre ? Elles doivent encore avoir une valeur ; elles pèsent assez et sont solides, comme vous voyez..,

— *Eh ! mon Tieu ! que foulez-vu que je fasse de ces misères ? Il n'y a bas bour zix vrancs t'argent...* Ici le juif pousse un soupir de charité. *Denez, ché vois que fu tésirez les bougles. Je suis pon envant ; je feux vaire fotre gonaisance, et che tébuderai bar fu vaire un gadeau. Tonnez-moi fos fielles bougles qui me font mal ; chai cagné assez afec les riches, fu me tonnerez deux gouronnes.*

Perlin ne peut disposer de ses deux couronnes, puisqu'il lui faudra payer son auberge et son souper le lendemain au matin. Aussi commence-t-il à suer. Il est pénétré de la bienveillance du jeune inconnu, et hésite à lui faire une offre moindre que les deux couronnes demandées ; il a honte. Nonobstant, son désir l'emporte...

— Jeune homme, dit-il, je vous remercie bien sincèrement. Je ne puis profiter de votre offre désintéressée ; car, mes boucles contre les vôtres, je n'ai que trois écus dont je puisse seulement disposer pour la soulte d'échange.

Le juif lui tendant l'autre boucle et affectant une générosité inouïe :

— *Il ne sera bas tît que ch'aurai tésopliche ein chèn' homme aussi prafe que vu. Brenez les bougles et tonnez-moi l'archant. Ce n'est pas bur un égu que che voutrais pertre l'occasion de fus vaire blaisir.*

Perlin est enfoncé ; il s'exécute avec la meilleure grâce du monde.

Il venait de se dégarnir de boucles ciselées dont nous donnerions encore aujourd'hui quarante francs, pour d'autres boucles d'une valeur de soixante centimes environ.

Perlin était radieux !...

CHAPITRE IX.

Similes similibus... Le talion, le talion.

Pendant la perpétration de cette filouterie, les autres voyageurs étaient arrivés. On passa dans la pièce voisine où le souper était préparé.

Perlin se mit à table avec les autres voyageurs, et trouvant le pain vis-à-vis lui, le prit et se mit en mesure de le trancher. Mais avant de procéder à cette opération, autant par un reste d'habitude que par ce qu'il avait traditionnellement vu pratiquer dans sa famille, il fit un signe de croix sur le revers de ce pain avec la pointe du couteau.

Ce geste ayant été remarqué par l'israélite, celui-ci manifesta un mépris des plus insolents pour cette démonstration.

— *Qu'est-ce que c'est ?* dit-il, *des groix sur le bain ?... A d'on chamais fu tes pétisses bareilles ? C'est du baim de grétien ça ; — che ne feux bas mancher du bain de grétien, moi. — Carson, abbordez-moi de l'autre bain ; che ne feux bas te celui-là.*

Le rouge monta à la figure de Perlin.

Les assistants ne disaient mot ; mais on voyait qu'ils étaient froissés de cette inconvenante sortie.

Perlin jeta un regard terrible sur le maladroit provocateur, se contint en apparence, et arrêta le garçon qui venait s'enquérir du motif pour lequel l'étranger demandait de l'autre pain.

— Vous avez, dit-il tout bas au garçon, vous avez des pagnofes de cron que vous faites pour vos chiens ?

— Oui, monsieur.

— Veuillez en apporter une sur-le-champ.

Le garçon sort et revient un instant après avec l'objet demandé. Perlin le prend, se lève, et se dirigeant vers le bout de la table où l'israélite tambourinait sur son assiette, lui dit :

— Jeune homme, voici le pain demandé ; les chrétiens n'en mangent pas. Veuillez prendre la peine d'aller vous en repaître à cette autre table, car à celle-ci il ne doit y avoir que des chrétiens.

Le juif furieux se lève, et lance vers la tête de Perlin l'objet massif que celui-ci venait de déposer sur son assiette. Perlin est assez heureux pour éviter à peu près le projectile ; il en est quitte pour une de ses faces dérangées. Le pain de cron a ricoché sur une de ses tempes et va briser un vase de faïence sur la cheminée. Les fleurs et les débris du contenant jonchent le sol et improvisent un tapis naturel, genre mosaïque.

Perlin est un vigoureux compère ; il n'a pu se maîtriser plus longtemps. Une fenêtre se trouvait entr'ouverte ; il l'ouvre tout à fait et l'indique d'un geste impérieux au jeune hébreu cause du scandale, comme la seule voie de salut qui lui reste. Mais le juif le défie. Mal lui en prend ; car, aux applaudissements de tous les convives, Perlin l'appréhende au corps, le porte et l'assied sur l'appui de la fenêtre, lui relève les jambes, et, par le mouvement de bascule qu'il lui imprime malgré sa résistance, lui fait faire la plus admirable pirouette qu'on puisse exécuter sans balancier. Cette expédition terminée, Perlin ramasse le pain de cron, l'envoie retrouver celui qui veut du pain particulier, et après avoir fermé ladite fenêtre, revient s'asseoir à table à sa place, ému sans doute, mais content de lui.

La précipitation qu'il met à expédier son souper se ressent de la surexcitation qu'il éprouve ; un morceau n'attend pas l'autre. Il s'en souviendra...

Tout le monde l'approuve. Pas un peut-être n'en eût fait autant, bien qu'ils aient compris l'insulte.

Ces gros chrétiens, niais ou ignorants répétiteurs de fanfaronnades plus ou moins sottes sur les lois et usages de l'Église, se sont sentis insultés dans ce qu'ils devaient avoir de cher, dans leur religion. Ils ont compris qu'ils devaient en avoir une, et tous ont trouvé leur dignité blessée.

Il a fallu cet acte d'énergie et de courage d'un tout jeune homme pour leur faire sentir au cœur un fer chaud, et leur rappeler que l'homme ne doit pas avoir seulement un semblant de religion ; qu'il doit honorer cette religion qu'il professe et suit mal peut-être ; mais encore que c'est le comble de la dégradation que de décrier ou faire bon marché des principes religieux.

Qu'est-ce donc, s'il vous plaît, qu'un renégat? Le plus méprisable des êtres.

Ayez donc le courage d'être quelque chose. Si vous êtes chrétien, soyez-le franchement. On ne doit pas rougir de se dire l'apôtre d'une loi qui conseille toutes les vertus morales et forme l'honnête homme par excellence.

Si vous êtes moins chrétien, soyez au moins convenable, et n'affligez pas la société par vos furibondes diatribes, vos déraisonnables sorties contre ce qui est bien, ou par le désolant spectacle de votre scepticisme et de votre impiété...

Parmi les spectateurs de la scène que nous venons de décrire se trouvait Dubar... un ancien militaire retiré du service. Il avait suivi attentivement les péripéties de cet incident de la salle voisine, où il fumait sa pipe en société d'autres habitués. Il entra dans la pièce où la table se trouvait dressée, et s'étant approché de Perlin, lui prit la main, la lui serra affectueusement, et lui dit :

— Ce que vous venez de faire est bien; c'est d'un digne, d'un brave garçon. Vous ne me refuserez pas de déjeuner demain avec moi; je viendrai vous chercher.

Perlin remercia et voulut s'excuser; mais il n'y eut pas moyen de refuser l'ex-militaire.

— Soyez prêt à huit heures, lui repartit-il. Je serai ici demain vers cette heure. Puis il le laissa.

Le souper se passe gaiement; on jase, on fait des commentaires; on discourt sur ce qui vient de se passer. Tous seraient flattés de se trouver à la place de Perlin.

Quant au juif, il n'ose pas se représenter et va s'improviser un lit comme il peut dans la grange, en compagnie de sa petite cassette que le garçon lui a rendue; plus, par un raffinement de cruauté, sachant parfaitement le joaillier nomade à jeun, ce prévoyant domestique lui a porté avec la cassette la pagnotte déjà connue et un morceau de lard cuit.

L'heure de se retirer étant venue, l'aubergiste conduit Perlin dans la plus belle chambre à coucher. Le lit est protégé d'un ciel en baldaquin d'où retombent de longs et épais rideaux de siamoise moirée bleue sur fond blanc.

Près du lit, une table de nuit à quatre pieds, portant sur la tablette un pot à eau dans un bassin, des mouchettes et un éteignoir.

L'aubergiste fait remarquer à Perlin que cette chambre est contiguë à la sienne, et n'en est séparée que par une mince cloison en planches. Si Perlin a besoin de quelque chose, il n'aura qu'à frapper faiblement et demander.

L'aubergiste se retire en souhaitant le bonsoir. Je vais en faire autant, cher lecteur, et vous souhaite des rêves plus agréables que celui dont fut torturé notre héros.

CHAPITRE X.

Qui frappe l'air, bon Dieu, de ces lugubres cris?
Est-ce donc pour veiller qu'on se couche à Paris?

BOILEAU, satire VI.

Perlin ouvre la fenêtre pour consulter l'état atmosphérique. Le ciel est magnifique à voir. Le zénith tout entier est décoré d'innombrables flocons comme de laine blanche, légers nuages sous lesquels la lune se voile à moitié.

Perlin ferme la fenêtre, se déshabille à demi, fait sa prière et se met au lit.

Le sommeil ne lui vient que fort tard, et quel sommeil!... Perlin en dormant éprouve un cauchemar terrible!...

Il songe que le juif vient de se glisser sans bruit dans sa chambre avec sa cassette; il le voit s'approcher de son lit et poser cette cassette sur son estomac et peser dessus de tout le poids de son corps.

Perlin, sous l'influence de cette hallucination qui n'est que l'effet d'une mauvaise digestion, veut crier et ne peut. Des sons rauques, gutturaux, impuissants, s'exhalent avec effort de sa poitrine. Sa respiration est courte et précipitée. Il a l'estomac tenaillé et sue abondamment de tous les pores.

C'est en vain qu'il fait des efforts prodigieux pour se débarrasser du poids qui le comprime. Dans ses évolutions désespérées, il rencontre du pied l'inoffensive table de nuit.

Celle-ci, peu taillée pour reprendre son équilibre après un tel choc, tombe avec sa charge, mais en tombant, un de ses angles accroche un rideau du lit; la corde qui retient le ciel de ce lit est assurément mûre, car elle cède à l'attraction de la table de nuit, et pendant que celle-ci accomplit sa chute avec un épouvantable fracas, le ciel tombe d'aplomb sur Perlin et le couvre cette fois réellement des pieds à la tête.

Cette chute, ce bruit ont réveillé Perlin.

Hors de lui et sous l'impression de son rêve, qu'il croit une réalité; il se met à crier : — Au secours! au voleur!

L'aubergiste, que le bruit a aussi réveillé, a sauté à bas de son lit en même temps. Il entre dans la chambre de Perlin, au moment où celui-ci par un suprême effort et après avoir soulevé l'énorme baldaquin le rejetait loin de lui.

L'aubergiste le reçoit en pleine poitrine, s'embarrasse les pieds dans les rideaux, trébuche et tombe en criant au voleur à son tour.

Le domestique descend quatre à quatre du grenier où il était couché, arrive dans la chambre où il a entendu le vacarme et les cris de son maître, le heurte et s'étend sur lui.

Fiette, femme de l'aubergiste, épouvantée au dernier point, pousse des cris de détresse et d'angoisse, éveille toute la maison; elle cherche la boîte au brûlin, le briquet, le silex; elle veut essayer de frapper : elle est trop agitée et cogne sur ses doigts. Sa main mal assurée laisse échapper la pierre; elle la cherche à tâtons sous les meubles. — Quel malheur, s'écrie-t-elle, nous allons tous être égorgés ici sans chandelle!...

Perlin, terrorisé, saute à bas de son lit et s'élance dans le corridor; il heurte un marchand de bœufs qui tentait de se sauver avec sa ceinture. La lune était entièrement masquée. Le marchand de bœufs recule d'un pas et se met à faire le moulinet avec cette ceinture remplie d'écus de six francs. Il tape sans relâche à tort et à travers; malheur à celui qui sera atteint.

Perlin cherche à s'orienter; il est abattu le premier. La ceinture lui est arrivée horizontalement sur l'oreille gauche et ne l'a pas trouvé prêt à la parade.

Le second abattu est le marchand de parapluies. Il s'était imprudemment hasardé dans le corridor sans avoir conscience des effets du redoutable moulinet. Il se met à hurler comme un veau, criant : — J'ai le bras cassé, et opère sa retraite à tâtons dans sa chambre.

A ces cris, la servante, pensant que la maison est pleine de brigands et désirant se sauver avec ses maîtres, inspirée d'une idée lumineuse, ouvre une fenêtre donnant sur la rue et se met à crier : — Au feu! au feu! au secours! au feu!

Ce cri sinistre est entendu de quelques retardataires. L'un court à la fenêtre du clerc, qu'il enfonce d'un coup de poing : — Magister, vite, au feu! au feu! Magister se précipite sur la clef de l'église et court à pieds nus en mettant sa blouse, monte au clocher sans reprendre haleine, arrive aux auvents, empoigne le battant de la plus grosse cloche et se met à sonner le tocsin de toutes ses forces.

Il pourrait voir de là dans quelle direction est l'incendie; mais il n'y pense pas et frappe à tout rompre.

En moins de cinq minutes le village est sur pied. Le garde champêtre court chez M. le maire : — Monsieur le maire, monsieur le maire! *l' mazon du Lion d'or est en fu et en flemmes. L'vez vous.*

Le maire se lève en murmurant contre les devoirs de sa charge. Son premier soin est d'éveiller un valet de cour et de l'envoyer chercher des secours à Landrecies. Le valet emboîte ses hauts-de-chausse, ses sabots, passe une blouse, assure son bonnet de coton bleu sur sa tête, monte sur le meilleur cheval de l'écurie, lui passe dans la bouche un simple filet et part comme un trait pour Landrecies.

Couvert de boue, il arrive bientôt à la barrière palissadée du premier retranchement de la ville qu'il trouve fermée. Il est une heure et demie après minuit. La sentinelle s'est avancée en entendant le galop d'un cheval et crie : — Qui vive?

— *Ch'é mi...*

La sentinelle ne comprend pas et répète :

— Qui vive?

— *Mi : Mathurin-Joseph Lazarre.*

— *Alde-là*, dit l'Alsacien prêt à abattre son arme. *Gaboral, hors la garde, fenir regonnaître... Gomment tites-vous?*

— *Mathurin-Joseph Lazarre.*

— *Fenir regonnaître Madurin-Joseph Lezard...*

Le caporal arrive suivi d'un autre fusilier. Au moment où il va apprêter son arme et renouveler le cri de qui vive, la lune éclaire un instant la scène à la faveur d'une lacune que les nuages laissent entre eux.

Le villageois, à la vue de ce renfort armé, s'écrie :

— *Vos n'avétes mi tant besoin d'vos fusiques avec mi. Je n' sus mi ein voleur; je n' viens mi pour vos faire ed' mau.*

Le caporal s'avance et n'apercevant qu'un individu à peine vêtu, sur un cheval couvert d'écume, lui dit :

— Que demandez-vous?

— *Chou que je demande? ch'é du secours; habile, habile. No vilage est en fu et en flaimme et ch' maire y m'a envoyé querre chel pompe sain m' donner taint seulmaint el timps d'ablouquer mes maronnes.*

Fort heureusement le caporal est originaire des environs et il comprend qu'il s'agit d'un incendie au dehors. Il éveille le sergent du poste, lequel fait éveiller le portier consigne; celui-ci court au bureau de la place. Le lieutenant de roi, commandant, donne l'ordre de battre la générale. Les paisibles habitants, rentrés un peu tard ce soir là de la kermesse de *Fontaine-au-Bois*, où ils s'en sont donné à gogo, sont éveillés en sursaut. Les fenêtres s'ouvrent, les questions se croisent : — Qu'est-ce qu'il y a?... — Qu'est-ce qui est arrivé?... — On dit qu'il y a du feu dehors. — Où?... — On ne sait pas... — Ce doit être dans cette direction, dit un malin; je vois un reflet extraordinaire au ciel... C'est un crâne feu, je vous en réponds... — Quel malheur! quel malheur! entend-on répéter partout.

Malgré la sollicitude des parents, les prières des épouses, tous les hommes jeunes et ardents, aux instincts généreux, s'échappent de leur couche et se précipitent dans la rue où ils finiront de s'habiller. Les uns, le casque en tête, aident à retirer de sa remise la vieille pompe à incendie, lourde et impuissante machine dont on ne s'est jamais servi que pour arroser la place aux jours de grande sécheresse.

D'autres distribuent des seaux de cuir raccornis et aplatis. Ces seaux devront subir une longue détrempe avant de pouvoir être utilisés.

D'autres bourgeois, plus impatients, enfourchent leurs chevaux à poil et savent à peine la direction de l'endroit où le fléau dévastateur exerce ses ravages, qu'ils partent au grandissime galop. La garnison militaire, infanterie et cavalerie, est déjà réunie sur la place; le commandant exhorte tout le monde à voler au secours de leurs malheureux frères et de sauver, s'il est possible, quelque chose de ce beau village menacé d'une entière destruction.

L'homme dépêché par M. le maire du Grand-Fayt est entré en ville. Il est sur la place, le commandant l'interroge et lui demande entre autres choses la cause de l'incendie. Le villageois l'ignore. On lui a dit de venir, il est venu *queri du secours et chel pompe, il a débuqué sain se r'tourner.*

On a demandé quatre chevaux pour le service de la pompe. Le maître de poste déclare qu'il en faut six, attendu le mauvais état du chemin, lequel chemin cesse d'être pavé après Maroilles, et que la pluie a défoncé de façon à le rendre presque impraticable.

On attelle les six chevaux. Soldats et bourgeois partent. Je n'oserais pas affirmer qu'il ne se trouvait pas dans le nombre quelques femmes.

De ces sujets appartenant à ce sexe, dit *sexe faible*, lesquels sujets, dans une nuit de bal, vous mettent dix danseurs hors de combat, ou s'en vont rincer leur linge à la rivière, les bras nus, par dix-huit degrés de froid, et quand il y a vingt degrés, se décident alors à garantir leur tête avec..... un chiffon de tulle ou de mousseline, en vous disant :

— On ne voudrait pas croire comme cela tient chaud!

C'est comme çà!... parole d'honneur!

Laissons partir cette foule et faisons en sorte de la précéder à Fayt, si toutefois elle doit y arriver sans encombre. Visitons nos acteurs de l'auberge du Fayt que nous avons laissés dans une piètre situation. Nous devons être inquiets de ce qu'il advint d'eux et comment ils s'en tirèrent.

CHAPITRE XI.

Frappant d'estoc et de taille jusqu'à ce ce qu'il tomba épuisé, ruisselant de sueur.

MICHEL DE CERVANTES, *Don Quichotte.*

Les cris de la servante ont eu pour résultat d'amener vis-à-vis l'auberge une foule considérable qui se heurte, se croise, s'interroge, vocifère : *C'h n'est point par ichi; ch'est par drière.* L'un dit que le feu est dans le grenier, l'autre assure que c'est dans la cave. On se met à frapper à la porte, mais en vain, personne n'oserait descendre pour ouvrir.

L'aubergiste, au moment où son garçon est tombé sur lui, a fait un vigoureux effort et a mis le garçon dessous, il lui serre la gorge dans la pensée qu'il a affaire avec un malfaiteur et s'écrie : — J'en tiens un !

Le marchand de bœufs lui répond : — Et moi, j'en ai démonté deux ! Le garçon ne pouvant parler tant il a la gorge serrée, il lui devient impossible de se faire reconnaître de son maître. L'asphyxie s'opère lentement.

Le marchand de bœufs vaut à lui seul quatre hommes, avec sa ceinture. Cette arme est devenue terrible entre ses mains. Ses succès l'ont poussé au dernier paroxysme de la valeur; il opère des prodiges de voltige d'un bout de corridor à l'autre.

Cependant, la servante voit M. le maire et l'adjoint accompagnés du garde, tenant une lanterne éclairée, venir cogner eux-mêmes à la porte, elle s'enhardit assez pour tenter d'aller la leur ouvrir.

La chambre où elle se trouve fait face à l'escalier, lequel escalier part du rez-de-chaussée au premier presque droit et sans palier intermédiaire.

Au moment où elle traverse et allonge le pied pour descendre, la terrible ceinture l'atteint sur la nuque et la précipite du haut en bas de l'escalier. Sa tête porte et brise un des deux sabots qu'elle avait coutume de laisser au pied dudit escalier, par mesure de propreté.

Faut-il qu'une femme ait la tête dure, sacrebleu ! A peine étourdie du coup, cette femme se relève, tire le verrou de la porte qu'elle ouvre entièrement, et, succombant à la force de toutes les émotions qu'elle éprouve, tombe évanouie sur M. le maire qui ne s'y attendait pas du tout; il perd son centre de gravité, entraînant, en voulant se retenir, l'ajoint et le garde-champêtre dans sa chute. Les voilà encore quatre par terre.

Dubar n'était pas un des derniers arrivés à l'appel. Il ramasse la lanterne et laisse les autorités patauger. La lumière est sauvée, il s'en sert pour pénétrer dans la maison, il entend du bruit au premier, se dirige vers l'escalier. Le marchand de bœufs, haletant et dégouttant de sueur, a brisé son épée. Un terrible coup qu'il vient de porter sur l'angle de la muraille de l'escalier a crevé la ceinture, et les écus de six francs éparpillés çà et là roulent et dégringolent sur les marches en carillonnant. Dubar ne sait que penser de cette profusion de numéraire dont il se trouve assailli au milieu de l'escalier. — Diable, diable! se dit-il, il faut qu'il y en ait une masse de ces dragées-là, pour qu'on n'aie pas le temps de les sauver autrement qu'en les jetant de cette manière.

La première personne qu'il aperçoit, c'est le marchand de bœufs, anéanti, brisé de fatigue et affaissé sur lui-même; il va l'aborder et l'interroger. L'éleveur le prévient, se traîne à ses pieds et lui demande grâce de la vie.

— Prenez tout mon argent, je vous le donne volontiers, lui dit-il, *mais laissez-moi la vie; j'ai une femme et deux enfants.*

Dubar en deux mots le rassure. — Je ne veux ni de votre argent ni de votre vie, dit-il; où est le feu?

Le marchand de bœufs ne sachant quoi répondre à une demande qu'il ne comprend pas, hésite et balbutie un — Je ne sais pas.

Sur ces entrefaites, les magistrats arrivent un peu crottés, en demandant à haute voix : — Où est le feu? où est-ce? Le garde porte à tout hasard deux seaux d'eau bourbeuse. Dubar les éclaire du haut de l'escalier, ils le franchissent comme des hommes affrontant un immense danger.

L'aubergiste est au bout de ses forces et ne peut plus contenir son garçon qui se débat dans les convulsions de la strangulation. Il reconnaît la voix du premier magistrat de la commune, et s'écrie tant qu'il peut : — Main-forte, par ici ; main-forte, monsieur le maire, je n'en puis plus.

Le maire se porte avec un seau d'eau du côté d'où la voix part, Dubar tient la lanterne dont la lumière est interceptée par les corps opaques des honorables fonctionnaires, lesquels se trouvent en avant. Le maire voyant une porte ouverte demande : — Est-ce ici ?

— Oui, monsieur le maire ; vite, vite, hâtez-vous, ou je lâche, s'écrie de nouveau Gaspard.

Qu'est-ce donc qui se passe dans le cerveau du maire, pour troubler ainsi sa présence d'esprit, au point de lui faire voir du feu où il n'y en a point ?...

S'il n'y en a point, je dis, moi, qu'il devait y en avoir. Quand on a été éveillé brusquement dans son premier sommeil par une cloche d'alarme, est-il permis de voir autre chose que du feu ? Et ceux qui riront de la conduite du maire, en cette circonstance, l'excuseront en faveur de son zèle et de ses excellentes intentions.

Nous venons de laisser M. le maire à la porte de la chambre où un drame se passait ; mais on ne pouvait rien voir, exactement rien.

Au moment où M. le maire demandait : Est-ici ? un reflet de la lanterne passa sous l'aisselle du magistrat, éclairant vivement sur un fond noir environ huit ou dix centimètres de l'intérieur de ladite chambre.

Le maire n'hésite plus et, prompt comme la foudre, lance l'eau limoneuse contenue dans le seau qu'il tenait prêt, le remet au garde en échange de l'autre, et vide pareillement la seconde douche sur le groupe drapé dans les rideaux de siamoise, les franges, etc. Cette immersion a fait un bien immense au garçon, il a recouvré sa liberté. Au premier seau, l'aubergiste s'est écrié : — Sacrebleu ! ce n'est pas ça que je demande. Il a lâché le garçon et tente de se mettre sur son séant, quand la seconde édition, projetée avec force, le prend en flanc et le renverse de nouveau sur ses draperies. Dubar s'avance et éclaire le tableau. L'aubergiste cherche du regard son voleur, lequel n'a pas bougé de place ; il reste confondu en reconnaissant son premier garçon. Celui-ci a les yeux presque hors la tête, la figure gonflée et de couleur noirâtre. On s'empresse de lui porter secours ; il était temps. Quelquefois minutes de plus et il mourait sans confession.

Enfin, on commence à se reconnaître, mais l'explication n'est pas facile. A chaque minute, de nouvelles recrues arrivent et demandent :

— Où donc est le feu ?

Et le maire de répéter :

— C'est juste, au fait, où est le feu ?

— Quel feu ? demande l'aubergiste.

Surprise sur tous les visages. (Silence.)

— Comment, vous avez crié au feu ! au secours ! toute la commune est accourue au son du tocsin ; moi-même, me voici avec monsieur l'adjoint. Qu'y a-t-il en fin de compte ?

— Il y a, il y a... je ne sais pas tout ce qu'il y a, repart Gaspard les yeux presque fermés, tant le limon de l'eau lui agace les paupières. Il y a que je me suis levé pour venir au secours d'un voyageur qu'on dévalisait, il se dolentait dans une lutte désespérée avec des voleurs, lesquels ont tout brisé ici, à mon arrivée ; et alors que j'ouvrais la porte, ils m'ont assommé et entortillé dans je ne sais quoi. Je suis tombé et mon domestique, probablement accouru sur mes traces pour m'aider, étant à son tour tombé sur moi, j'ai pensé que c'était encore un des brigands cachés ici. Ayant réussi à l'appréhender, je l'ai tellement serré à la gorge, qu'il ne m'a pas été possible d'avoir conscience de ma méprise.

— Et où sont ces voleurs, enfin ?

— Nous avons un marchand de bœufs qui en a massacré deux dans le corridor. Leurs cadavres doivent y être encore.

On sort, on examine dans le corridor, mais aucune trace de vivants ou de morts ne se découvre, si ce n'est cependant une ceinture de cuir vide et crevée. Un rayon de la lanterne éclaire l'escalier et permet de distinguer le marchand de bœufs ramassant les écus qu'il retrouve à tâtons sous ses pieds, sous ses mains.

— Diable ! Voilà un indice irrécusable, exclame l'adjoint. Au moins ils n'ont pas tout emporté.

— Mais, demande à son tour M. le maire, *en touchant incessamment l'endroit qui a porté lorsqu'il s'est assis involontairement* ; mais ne pouvez-vous pas donner des lumières et organiser quelques perquisitions ici ?... Car enfin, les voleurs n'ont pu s'esquiver et emporter les morts par les toits ?

— Sans doute, dit l'adjoint...

— Donnez-nous des lumières.

— Rien de plus facile, dit l'aubergiste. Il cogne à la porte de sa chambre à coucher, criant : Fiette, ouvre la porte... C'est moi, Gaspard.

Une voix du dedans.

— Je n'oserais jamais.

— N'aie plus de crainte. Je ne suis pas blessé. Nous sommes en force. M. le maire et M. l'adjoint sont ici en nombreuse compagnie. (Ce que ces messieurs confirment en parlant tous à la fois. — On entend remuer un meuble, puis plus rien.)

— Pourquoi n'ouvres-tu pas, Fiette ?

— Je ne puis pas.

En effet, Fiette, dont la peur a décuplé les forces, a traîné son lit, une garde-robe, une caisse d'horloge et une commode contre la porte à l'intérieur, et a élevé une barricade à défier le canon.

Ces forces surnaturelles, elle ne les retrouve plus, maintenant qu'elle a moins peur, et elle se trouve condamnée à une détention temporaire. Nous la laisserons emprisonnée, un peu de temps pour revenir à narrer les phases et péripéties de cette merveilleuse complication et enchaînement des faits occasionnés par l'indigestion de Perlin.

CHAPITRE XII.

Tant chevaucha,
Qu'il arriva.

Robert le Diable.

Le maire, convaincu que tout se réduit à une fausse alerte, se repent de s'être trop hâté d'expédier un courrier à Landrecies : il communique ses transes à l'adjoint.

Cet honorable assistant le tire d'embarras.

— Monsieur le maire, je vais partir et réparer la faute. Rapportez-vous-en à ma sagesse et à mes capacités bien connues. Le maire lui serre la main affectueusement et le remercie. — Allez donc, lui dit-il, sauvez notre honneur et notre dignité.

L'adjoint fait seller et brider un bon cheval et part.

Les nuages se sont retirés et ne forment plus qu'une masse noirâtre à l'horizon. La lune brille de toute la lumière du dernier quartier. Il est deux heures après minuit. M. l'adjoint rencontre trois cavaliers qui piquaient droit au village et qui ralentissent le pas de leurs coursiers en l'apercevant. Arrivés à l'encontre les uns de l'autre :

— Messieurs, où allez-vous ?

— Vous le voyez, nous courons à Fayt porter secours. Un affreux incendie le dévore.

— Merci, messieurs, mes braves citadins, merci. Je suis l'adjoint de la commune de Fayt. L'incendie qui s'était déclaré d'abord avec furie, grâce au zèle et à l'énergie de M. le maire, a été bientôt restreint dans un cercle fort étroit et presque éteint à sa naissance.

La perte est presque insignifiante. Veuillez, messieurs, servir d'escorte à mon message, et ne pas pousser plus loin une reconnaissance que vous ne pourriez faire dans une pâture inconnue et qu'on ne vous indiquerait pas, chacun étant allé se coucher. — Cette raison décide ces trois messieurs à retourner sur leurs pas avec l'adjoint, ils font aussi rebrousser chemin à tous ceux qui les suivaient, en disant : Tout est éteint, c'est fini.

Ils arrivent bientôt en vue de Landrecies, et aperçoivent un groupe compact vis-à-vis le cimetière. Ils s'approchent et s'enquièrent.

Une roue de la pompe vient de se briser, il est impossible de la conduire plus loin.

Les pompiers sont mécontents de cette malencontreuse entrave au déploiement de leur zèle. Ils se répandent en invectives et baptisent cette invalide machine des sobriquets les plus méprisants.

L'adjoint, ayant demandé à parler au capitaine, descend de cheval et salue jusqu'à terre.

M. le maire l'a chargé de porter à messieurs les pompiers de Landrecies ses plus sincères remerciements pour le dévouement qu'ils ont montré dans cette périlleuse circonstance, et pour l'empressement qu'ils ont mis à répondre à l'appel de leurs infortunés fermiers, dans ce solennel moment où la vie, la fortune, tout l'avenir d'une population se trouve engagé. Il est également chargé d'exprimer à la garnison l'admiration et la reconnaissance de M. le maire.

L'adjoint est un finot de son époque, il s'acquitte très-bien de sa mission. Aucun doute ne vient contrecarrer les explications qu'il fournit.

Aux nombreuses demandes du détail qu'on lui fait, il répond exactement la même chose. Voici sa fable, assez vraisemblable du reste.

Hier soir, un valet de ferme, au lieu d'aller se coucher à l'écurie, monta au-dessus, et jeta sur la paille sa veste de toile bleue dans l'une des poches de laquelle se trouvait sa pipe mal éteinte.

Pendant le premier sommeil du valet, le feu se fit jour et commença à gagner la paille. Une légère brise avivait le feu.

Ce garçon, incommodé par la fumée, s'éveilla, comprit le danger, cria : Au feu ! au secours ! mais ne s'enfuit pas. Au risque de se brûler avec, il prit les bottes de paille enflammées et les jeta par la fenêtre si promptement, qu'il en serait peut-être venu à bout seul, quand M. le maire, dont la vigilante sollicitude ne saurait se reposer sur un agent inférieur du soin de faire sa ronde de police (ici l'adjoint élève sa voix à un diapason qui commande le respect et l'admiration), aperçut ce qui se passait et la position critique du garçon de ferme.

Entrer dans la cour, voler à l'écurie et enlever du lit draps et couvertures, les jeter dans l'abreuvoir, les en repêcher imbus d'eau, et les avancer en masse au courageux garçon dont les cheveux et les sourcils sont déjà grillés, n'est que l'affaire d'un moment pour M. le maire. Le garçon a compris. Il étend et jette ces linges crus et épaissis sur les points où la paille petille et va s'enflammer.

M. le maire monte après lui, ils parviennent à éteindre tout à fait le foyer de l'incendie, pendant que toute la paille éparpillée dans la cour s'y consume sans danger : et voilà, messieurs, voilà l'homme qui nous administre.

— Bravo ! hourra ! pour M. le maire du Grand-Fayt !

Après force compliments de part et d'autre, l'adjoint quitte ces messieurs, les remerciant au nom de toute la commune du Grand-Fayt. Militaires et bourgeois regagnent leurs casernes et leurs domiciles en se souhaitant le bonsoir.

Plusieurs pompiers pur sang murmurent et se trouvent indisposés d'un dévouement rentré.

CHAPITRE XIII.

D'après un calcul récent, il se boit aujourd'hui assez de café en France pour alimenter une rivière du cours de l'Escaut.

Statistique.

Il n'est pas facile aux jeunes gens et aux maris de rentrer chez eux. Les tendres épouses s'étaient rendormies. Il faut casser les cordons des sonnettes ou ébranler toute la maison par des coups redoublés pour se faire ouvrir les portes. Ceux qui y parviennent n'en sont pas quittes au prix de s'être morfondus à attendre ; il leur faut subir des plaintes sans fin.

— C'était vraiment bien nécessaire de me faire lever deux fois dans une nuit... fatiguée comme je la suis... J'en serai malade assurément... Voyez donc ce beau dévouement ! quelle incontinence de charité possède monsieur ! A voir un cœur aussi sensible, il n'y a pas à croire que monsieur fasse aussi bon marché du repos de sa femme. Certes, on n'en ferait pas la moitié d'autant pour moi.

Le mari hasarde quelques mots de justification :

— Ma chère amie, je regrette vraiment de t'avoir dérangée. Mais enfin tu dois comprendre... le feu ! c'est terrible... et si personne ne bougeait pour combattre cet élément, si les hommes de cœur ne volaient au secours de leurs semblables, lors de ces affreux sinistres ; il en résulterait des ruines, des pertes énormes, des communes entières disparaîtraient du globe.

— Volez, monsieur, volez, puisque vous croyez avoir mission sur la terre ; volez tout à votre aise... Nous pourrons nous arranger pour que vous me laissiez les nuits pour reposer. De votre côté, vous pourrez vous livrer à votre passion pour les pérégrinations nocturnes. Je comprends parfaitement que l'on préfère briguer l'honneur de porter un seau d'eau à la chaîne, lors d'un incendie, que...

— Que ? que quoi ?... Voyons, as-tu fini ?... couche-toi.

— Non, je ne me coucherai pas.

— Voyons, chère amie, ne te fais pas de peine, car quand tu es contrariée, je souffre plus que toi.

— Taisez-vous... Votre conduite est indigne... Vous ne m'aimez plus... hu... hu... hu...

— Ah !... sacrebleu !... Cunégonde ? Vous ne pensez pas ce que vous dites ; vous savez le contraire...

Que désirez-vous de moi ? Quelle preuve pouvez-vous raisonnablement me demander ?

Voyons... prenez garde au froid, chère Cunégonde ; mettez-vous au lit. Je vais vous faire une tasse de café.

A cette promesse, Cunégonde est désarmée ; le mari a touché juste. D'autres maris sont plus ou moins heureux dans leurs comptes à régler avec leurs moitiés. Laissons-les s'arranger comme ils pourront, cela ne nous regarde pas.

CHAPITRE XIV.

Nous allons prendre un verre de bière.

Habitudes du Nord.

Le lecteur, s'il s'intéresse à Perlin, doit commencer à s'inquiéter de lui et désirer savoir comment il est sorti de cette bagarre.

Perlin, atteint par la ceinture du marchand de bœufs, resta un moment étourdi sur le carreau.

Il rampa en tâtonnant jusqu'à ce qu'il sentit une porte entrebâillée, donnant sur un escalier. C'était celui du grenier. Il en entreprit l'ascension avec assez de bonheur ; et toujours rampant, toujours tâtonnant, il atteignit un endroit où il y avait un amas de foin considérable. Il s'y blottit et s'y tint commodément caché.

Après le départ de M. l'adjoint, l'aubergiste ne pouvant entrer dans sa chambre à coucher descendit chercher des lampes et confia la garde de la porte de sa maison à de braves gaillards bien résolus.

Les lampes allumées, les perquisitions les plus minutieuses furent entreprises sur tous les points de la maison sans amener aucune découverte intéressante.

On monta au grenier où on ne trouva rien.

On se préparait à en descendre, lorsque le garde s'avisa de larder son sabre dans le tas de foin qu'on n'avait pas encore interrogé.

Au troisième coup de pointe, le sabre du garde rencontra de la résistance, et un douloureux *ut* de poitrine se fit entendre.

Nous en tenons un, dit Gaspard, il nous dira où sont les autres. Je savais bien, moi, que je ne m'étais pas trompé.

Le garde ne pouvait arriver à dénicher Perlin ; mais celui-ci vient d'entendre et de reconnaître la voix de l'aubergiste, et il se retire prestement du foin où il s'était enfoncé et paraît aux yeux étonnés de Dubar et du maître d'hôtel, dans un appareil aussi simple que léger. Son caleçon est rouge à certain endroit voisin des infimes régions de l'épine dorsale et son chef est encore couvert du casque à mèche qu'il a trouvé préparé sur son oreiller.

Il s'avance vers le groupe éclairé et leur dit :

— Ah ! çà, messieurs, me ferez-vous bien le plaisir de m'expliquer ce qui se passe dans cette maison, où pour mon malheur je suis venu chercher le repos d'une nuit ? A peine couché, je suis opprimé, comprimé, torturé, puis assommé, et maintenant on veut m'embrocher ? Et ce disant Perlin indique à son caleçon une petite déchirure teinte de sang.

— Jeune homme, répond l'aubergiste, l'explication ?..... J'attends de vous que vous vouliez bien nous la commencer. Je la compléterai s'il le faut, car c'est bien vous qui êtes cause première de tout ce qui s'est passé cette nuit.

— Comment cela ?

— Sans doute ; n'avez-vous pas pas poussé des cris de détresse, déchiré vos rideaux, brisé et culbuté les meubles dans votre chambre ? Or, craignant que des malfaiteurs ne se soient introduits dans ma maison, je cours à votre aide ; à peine entré dans votre chambre, je suis renversé et entortillé, mon garçon tombe sur moi et je l'étrangle à moitié. Toute la maison est sens dessus dessous. Les voyageurs se croient obligés de défendre leur vie les uns contre les autres. Et tout cela, parce que vous êtes somnambule ! Vrai Dieu ! si j'avais pu deviner que vous étiez affecté de cette infirmité, je ne vous aurais pas donné gîte chez moi. Or, il ne se passe jamais rien d'extraordinaire ici, et si vous avez à vous plaindre de votre séjour dans ma maison, je ne suis point flatté de la préférence que vous m'avez accordée, moi, et ne vous en remercie pas.

Dubar voit que l'explication va prendre une tournure fâcheuse, il impose silence à l'aubergiste en lui disant :

— Monsieur, n'insultez pas votre hôte sans l'entendre. Il doit vous souvenir qu'il s'est montré tout à l'heure digne de toute votre estime.

— C'est vrai, dit l'aubergiste. Eh bien, descendons. Monsieur le maire remerciera nos bons habitants et les congédiera.

Et vous, messieurs, je vous retiens tous. Nous allons faire un bol de vin chaud, nous fumerons un brin et nous causerons ; peut-être saurons-nous alors à quoi nous en tenir.

— Allons ! soit pour un bol de vin chaud, dit le maire, descendons.

— Descendons, répéta Gaspard, et puisque ma femme s'est si bien mise en sûreté, nous nous en passerons. Quand il fera jour, je monterai par la fenêtre et la délivrerai.

Justin, va chercher quatre bouteilles au n° 7, et dis à Ludgarde de faire du feu et rondement.

CHAPITRE XV.

O, o, o. Nihil est in poculo ; repleatur denno.

Remplissez le verre.

Chant de vacances.

Ludgarde, c'est la bonne dont nous avons déjà parlé et dont l'admirable dévouement a permis à M. le maire, l'adjoint, Dubar et le garde d'entrer dans l'auberge. C'est elle qui a crié au feu.

Les femmes stationnées à la porte, la voyant tombée et privée de sentiment, la prennent et l'emportent à l'abreuvoir voisin où chacun lui jette de l'eau à outrance et lui frappent dans les mains de toutes leurs forces. Ludgarde ne revient pas.

Une empirique survient et dit : — Si elle ne revient pas, il faut l'ortiller.

Aussitôt dit, aussitôt fait. Cinq à six femmes font des bottes d'orties et se mettent à en fustiger Ludgarde sur les pieds, sur les mains, la figure.

Ludgarde reprend ses sens, mais elle se met à hurler à cause des cuissons atroces qu'elle endure.

Elle regagne la maison au moment où Justin l'appelle.

Justin a de la peine à la reconnaître. Il lui apprend en deux mots leurs sottes terreurs ; il n'y a eu ni voleurs, ni brigands ; c'est un somnambule qui a causé ce branle-bas.

Ludgarde recouvre assez de présence d'esprit pour faire du feu et apprêter les éléments du bol réparateur. Perlin a obtenu une lampe et va se mettre dans un état plus décent. Il vient bientôt rejoindre la société. Le marchand de bœufs et le marchand de parapluies sont invités ; le dernier refuse et a regagné son lit. Il a le bras enflé et perclus. Le marchand de bœufs a retrouvé ses deux cents couronnes et repris tout son aplomb et sa sérénité habituelle. Il se rend à l'invitation qui lui est faite avec les meilleures dispositions.

Perlin est invité à prendre la parole pour narrer ce qui lui est arrivé cette nuit. Il raconte ce qu'il croit encore de la visite et de la pression que le juif a exercée sur lui.

Justin secoue la tête et dit : — J'ai enfermé le juif dans la grange où il est encore et dont il ne peut sortir sans ma permission. Il serait parvenu à en sortir, qu'il n'aurait pu entrer dans le corps de logis principal, puisque les portes sont verrouillées en dedans chaque soir ; ce que j'ai fait hier encore avant de monter pour me coucher. Vous avez été tout bonnement cauchemardé, rien autre chose.

Perlin se fait expliquer ce que c'est que d'être cauchemardé, et les explications qu'on lui donne lui retracent identiquement la situation dans laquelle il s'est trouvé.

Il en convient, et le reste est facilement expliqué, au milieu de l'hilarité croissante et des grosses plaisanteries que ces messieurs échangent en vidant leurs verres.

Le bol tire à sa fin. Le marchand de bœufs offre un second bol, accepté à l'unanimité.

Ludgarde est requise de nouveau pour cette préparation. Elle arrive avec une trogne champignonnée et les yeux fermés par le gonflement que les orties ont déterminé : son aspect est des plus comiques. Aussi les éclats de rire recommencent-ils avec une force nouvelle et immodérée. On veut lui faire raconter son histoire : elle essaie en vain. Ses lèvres sont tellement enflées qu'elle ne peut articuler la moindre syllabe. On rit plus fort.

Des coups retentissent au plafond ; c'est Fiette qui frappe au-dessus. Elle est de plus en plus intriguée par les rires fous et le bruit qu'elle entend ; elle ne veut plus rester enfermée plus longtemps et menace de se jeter par la fenêtre si on ne vient la mettre en liberté.

Le mari, n'apercevant plus personne à sa porte, ne juge pas à propos de prolonger la détention de sa femme plus longtemps. Il se fait apporter une échelle par Justin, l'appuie en dehors contre la fenêtre du premier étage, appelle sa femme, Fiette ouvre la croisée, Justin suit son maître ; ils débarricadent la porte, délivrent la prisonnière.

Fiette descend par l'escalier, reçoit les compliments de ces messieurs et fait les honneurs du second bol ; ce qui permet à Ludgarde de suivre le conseil que sa maîtresse lui a donné, non sans toutefois avoir ri tout son saoul à ses dépens, d'aller baigner ses mains et sa figure dans du mieug de fromage (petit lait).

Il fait grand jour, il est six heures du matin. Ces messieurs ne songent pas à se séparer. L'adjoint est revenu, et M. le maire a prétendu en offrant un troisième bol de vin chaud saluer et honorer le talent diplomatique et boire à la santé de son cher adjoint, en souvenir de l'éclatant succès de sa démarche et de sa haute intelligence.

Fiette propose de faire du café, Perlin veut offrir la goutte.

Le marchand de bœufs s'est arrosé le larynx avec une irréprochable ponctualité. Il trouve que le vin sucré, relevé de cannelle et de citron, est une excellente chose, et il le prouve. Il boit au succès de son industrie et à ses perfectionnements. Il est devenu verbeux et raconte comme quoi il a trouvé un procédé pour faire des bœufs avec des taureaux, et que c'est à ce procédé qu'il doit sa fortune.

Il raconte en quoi consiste ce procédé dont il prise toutefois de garder le secret, secret que je ne divulguerai pas. Je resterai sourd aux propositions que MM. les bouchers pourraient me faire, en vue de connaître ce procédé.

Je sais bien qu'il y en a d'uns qui font de nos jours des expériences trop souvent réitérées, et que ce que nous payons comme bœuf n'est parfois que viande de trotté; mais ces messieurs y prendront garde dans leur intérêt. Une fois passe, deux fois lasse; et si la presse en nous avertissant de leur supercherie ne les fait pas changer d'allure, nous aurons recours aux grands moyens.

On se sépare enfin en se souhaitant le bonjour. Dubar propose à Perlin de faire un tour de promenade. Ce dernier accepte avec beaucoup de plaisir; mais préalablement il demande son compte avec une inquiétude qui se trahit par sa pâleur subite. Il vient de réfléchir qu'il ne possède plus qu'un écu et quelques sous.

Pour le vase, le pot à l'eau et le bassin, l'aubergiste compte	38 sous.
Le souper et le coucher.	18 »
Huit verres d'eau-de-vie.	8 »
Ensemble 3 francs 4 sous.	64 sous.

Perlin respire; il possède la somme, plus deux sous qu'il laisse à Justin.

Il prend congé de l'aubergiste dans les meilleurs termes. Ces messieurs échangent une poignée de main et se disent au revoir.

CHAPITRE XVI.

Dubar et Perlin se promènent pendant une heure. La connaissance se fait mieux à deux qu'avec un plus grand nombre; il y a sympathie dans leur manière de voir et de juger; une sorte d'amitié s'établit entre eux. Neuf heures sonnent; Dubar juge qu'il est temps de rentrer pour déjeuner.

Perlin ne résiste plus et se laisse conduire dans une petite ferme bien jolie et tenue avec une propreté qui fait plaisir à voir. La cuisine où on entre d'abord est pavée de pierres bleues polies comme le marbre. Dans le fond, un bahut avec potière. La tablette du bahut est décorée de larges plats de faïence blanche, aux dessins grotesques de couleur bleue. Aux crochets de frise pendent des pots de grès, de faïence, d'étain, de diverses grandeurs. Au-dessus de la potière et sur la corniche d'icelle sont des plats d'étain resplendissants. Le bahut et la potière sont parsemés de larges clous de cuivre en bosse, d'un poli éblouissant. Auprès de ce bahut, un meuble à treillis en bois simple, avec étagère. Sur les différents gradins sont des telles, des buires étincelantes, des seaux au lait, aussi blancs quasi que le lait qu'ils doivent recevoir, des cases à fromages, des burettes, des livrettes et autres instruments en bois.

Au milieu du panneau d'à côté, l'âtre, grande cheminée dont le manteau couvre un four à cuire le pain. Plus haut, différentes salaisons de porc: jambons, andouilles, etc.

Au milieu de l'âtre, une immense crémaillère; dans le coin, des pinces, une pelle, un fourgon et un tube à souffler.

Le troisième panneau de cette place, percée de deux fenêtres et de la porte d'entrée, est garni d'une rangée de fourneaux plaqués de carreaux de faïence à dessins bleus sur fond blanc. Sur ces fourneaux se trouvent des ustensiles de ménage, des telles pleines et vides.

Le quatrième panneau est garni de chaises, sauf le milieu, qu'occupe une porte donnant sur une salle réservée pour les grandes occasions.

Perlin ne sait où il est. C'est la première fois qu'il entre dans cette maison. La bonne odeur qu'il y respire, l'ordre et la bonne tenue qu'il y admire, le font penser au bonheur d'habiter un asile champêtre, de vivre pour respirer des flots d'air pur, de soleil et de douce rosée, pour s'enivrer du parfum des bois, entendre ses voix mystérieuses, le caquetage des feuilles, le bavardage du filet d'eau, les symphonies inimitables des oiseaux, le chant si pur et si suave du crapaud. Du crapaud? Oui, lecteur, du crapaud, vous avez bien lu; et si vous n'avez jamais entendu chanter le crapaud, je l'ai ouï bien des fois, moi, et avec plaisir.

Sur la lisière d'un bois, au pied d'une haie, après une belle et chaude journée d'été, le crapaud chante et chante, *qui plus est*, très-agréablement.

Il est vrai que son chant n'est pas des plus variés; il donne toujours la même note, note très-brève mais parfaite, analysable et je le répète, pure et suave comme une faible note d'harmonica aussitôt étouffée.

Les crapauds font bon ménage ensemble. Quand l'un se met à chanter, les autres en font autant. Il est rare que deux crapauds donnent la même note.

J'en ai remarqué jusqu'à six différentes ensemble: d'un quart, d'un huitième, d'un demi, d'un ton et plus.

Comment le crapaud s'arrange-t-il pour chanter?

Je n'en sais rien. Buffon ne parle pas de cette propriété du crapaud et a oublié de le ranger dans la famille des artistes naturels.

Tout en se complaisant dans ses pensées, Perlin soupire et songe à Éléonore, qu'il ne verra plus que le dimanche suivant, car il est bien résolu à ne pas manquer à revenir chaque dimanche jusqu'au temps où il pourra obtenir la faveur de se présenter chez elle.

Notez que Perlin, je l'ai dit tout à l'heure, ne sait où, ni chez qui il est. Le nom de sa nouvelle connaissance, il l'ignore, il n'a pas encore osé le demander. Ce qu'il sait, c'est qu'il se trouve avec un ancien et honorable militaire retraité, lequel a choisi le séjour des champs de préférence pour se reposer en travaillant. Après avoir gracieusement salué la dame du logis (madame Dubar vient de paraître et adresse à Dubar un tendre reproche sur sa longue et inquiétante absence), Perlin s'est assis sur la chaise rustique de bois et paille qui lui a été offerte près des fourneaux.

Perlin a croisé les jambes et joue avec son tricorne; à ce temps-là c'était bon genre.

Madame Dubar met la table et la garnit de quatre couverts.

Dubar demande: — Où donc est ma fille?

— Mon ami, elle vient. Je l'ai envoyée au poulailler, chercher des œufs frais.

— En ce cas mettons-nous à table. Monsieur Perlin, prenez s'il vous plaît la peine d'avancer; placez-vous vis-à-vis moi, vous serez entre ma femme et ma fille.

Au moment où Perlin se lève, la porte du salon s'ouvre, Éléonore s'élance au cou de son père qu'elle embrasse en l'appelant méchant père, pourquoi as-tu tant tardé à revenir? elle l'embrasse encore, puis apercevant Perlin, baisse les yeux, rougit, ne dit plus rien et paraît très-gênée.

Perlin est resté droit comme un échalas. La surprise, la joie, lui ôtent pour un moment la conscience de ce qu'il fait. Il n'a d'yeux que pour regarder Éléonore, vraiment charmante avec son justaucorps rouge, sa jupe noire, son petit bonnet, sa petite croix d'or pendue à un velours noir, son tablier de toile blanche et mieux encore ses jolies petites mains.

Perlin prend ses temps pour saluer. Alors qu'il avance la jambe pour faire sa courbette, il dépose son tricorne sur les fourneaux, au beau milieu d'une telle de lait pris.

Cette étourderie remet Éléonore à son aise.

— Monsieur! ah! monsieur! votre chapeau! Et vive comme une gazelle, elle enlève le tricorne avec une partie considérable de fromage blanc y adhérant.

— Ah! sacrebleu! s'écrie Dubar, c'est excellent! à quoi diable pensez-vous de compromettre ainsi votre castor? Perlin balbutie quelques excuses, et rouge comme une betterave cuite s'approche de la place qui lui a été désignée.

Éléonore prend un soin très-minutieux de débarbouiller le tricorne, et elle y réussit aussi bien que possible, sauf un lustre tout exceptionnel et spécial que le petit lait procure d'une manière indélébile aux castors fins et demi-fins, quand on se sert du petit-lait pour les apprêter.

Narcisse, ne perds pas cette recette.

CHAPITRE XVII.

Si vous aviez l'œillet, qu'en feriez-vous?

Petits jeux.

Le déjeuner se compose de jambon, de porc fumé, d'œufs frais, de beurre, de fromage, de fruits exquis, de gâteaux, arrosés de cidre mousseux et pétillant, boisson savoureuse, gazeuse, rafraîchissante, légère et digestive. Perlin, qui a besoin de se remettre des secousses de la nuit précédente, fait honneur à tout et sable le cidre effervescent avec une véritable sensualité.

La causerie s'établit peu à peu, Eléonore est attentive à remplir le verre de son hôte et lui prépare les plus beaux fruits.

Aussi jolie que gracieuse, elle contribue par ses délicates prévenances à rendre la réception aussi agréable que possible. Entre temps, ses oiseaux sont les objets de ses soins, elle agace son merle et l'excite à jaser, à siffler un de ses airs favoris. Ses chardonnerets, auxquels elle a ouvert la porte de leur volière, viennent se disputer les miettes de gâteau qu'elle frange dans ses mains.

Son père lui parle de ses fleurs, de ses œillets dont elle a déjà réuni une brillante variété, et l'engage à les faire voir à Perlin, celui-ci appuie la motion; après déjeuner c'est bien ce qu'on peut lui offrir de plus piquant, c'est une récréation dont il est fou, car lui aussi a la passion des fleurs et des œillets en particulier.

— Vraiment, monsieur, alors je ne sais si j'oserai, car, en vérité, c'est encore bien peu de chose, ma collection ne fait que commencer.

Perlin insiste, et pendant que Dubar, selon son habitude, bourre sa pipe et allume son gloria, pendant que la mère dessert la table, Eléonore conduit Perlin au jardin. Celui-ci admire ou feint d'admirer tout. Il s'extasie à la vue des œillets, mais plus encore devant Eléonore, qui lui explique les provenances par semés ou boutures, les noms et les variétés qu'elle a obtenus par cette floriculture.

— S'il m'était permis, mademoiselle, d'enrichir votre parterre de quelques espèces d'œillets que vous n'avez pas, je vous les offrirais avec bonheur.

— Assurément, monsieur, vous me feriez grand plaisir.

— Pourrai-je les admirer au moins quelquefois?

— Je pense, monsieur, que vous pourrez les revoir aussi souvent que vous le voudrez.

— Et cela de votre plein consentement, mademoiselle?

— Mais, monsieur, sans doute; je ne vois pas pourquoi je...

— Mademoiselle Eléonore, je ne puis dissimuler plus longtemps que c'est pour vous seule que je suis venu à Fayt, j'avais besoin de vous revoir. Je ne saurais vous exprimer combien je suis triste, inquiet et maussade depuis que j'ai su que vous ne reviendriez plus au couvent.

En me trouvant aujourd'hui chez vous, c'est plutôt l'effet du hasard que de mon audace; car je n'aurais osé de longtemps m'exposer à venir ici sans connaître vos honorables parents, ou m'y faire présenter par quelqu'un de leurs amis.

Mes sentiments pour vous, mademoiselle, datent du jour où je vous ai vue pour la première fois, et si mes yeux ne vous ont pas instruite, j'ai pensé que certaine image avait dû...

— Ah! monsieur! je vous en ai voulu un peu pour cette indiscrétion, bien que votre dessin soit bien joli; vous auriez dû vous abstenir d'écrire mon nom de cette manière, car j'ai bien eu peur, et ne savais comment soustraire cette image aux regards de mes compagnes.

— Je regrette vivement, mademoiselle, d'avoir pu vous causer quelque inquiétude; mais ce secret m'étouffait alors autant qu'il m'était nécessaire de vous voir hier, aujourd'hui, et ce moyen que le hasard m'offrait de vous faire savoir combien vous m'intéressiez, combien je pensais à vous, combien je vous aimais, mademoiselle, je l'ai saisi sans scrupule, sans hésitation. Oh! dites-moi, mademoiselle, que je puis espérer; dites-moi si je pourrai, à force de soins, de tendresse, parvenir au bonheur de vous plaire; dites-moi si je puis aspirer à devenir votre ami, votre appui, votre époux; car c'est à obtenir ces titres légitimes que tendent mes vœux et mes soins. Vous le voyez, mademoiselle, je reviendrai vous apporter les œillets les plus beaux, les plus rares que je pourrai découvrir, ou vous ne me verrez plus.

Perlin prononça ces derniers mots d'une accentuation vraiment pathétique, à ce point qu'Eléonore, levant ses beaux yeux sur lui en souriant, lui tendit la main et lui dit:

— Monsieur Perlin, je tiens aux œillets que vous m'avez offerts.

Perlin s'inclina sur cette main, qu'il ne put qu'effleurer de ses lèvres, Eléonore trouvant que c'était trop d'honneur pour elle.

— Mon père, ajouta-t-elle, paraît vous estimer et vous aimer déjà, lui ordinairement si difficile et si sobre dans ses affections. Ma mère a toute confiance en son mari, et leur fille n'est peut-être que trop préparée à s'inspirer de leurs bonnes dispositions pour vous.

Perlin, au comble de la joie, voulut encore baiser la main d'Eléonore, mais elle ne le permit pas, prétextant toujours qu'elle n'était pas digne d'un honneur aussi grand.

Quelle différence aujourd'hui! Qu'un homme inspiré des meilleures intentions, d'un caractère droit, d'une âme aimante et généreuse se présente vis-à-vis une prude ou une coquette. Que ne lui fera-t-on pas subir? On le mettra à la question ordinaire et extraordinaire, on le fera aller, on le fera tourner au potiron. Biais et détours, supercheries, mensonges et dissimulation; l'hypocrisie préside cette série de leurs moyens. Vous vous laissez éprendre d'un beau feu pour une jeune personne formée à l'école de la dissimulation, qu'arrive-t-il?

Vous prenez sa réserve pour de la modestie:

Affectation!

Vous attribuez sa candeur à la bonté de son caractère:

Composition des traits!

La douceur de son sourire à la pureté de son âme:

Autre étude au miroir!

Sa fraîche et jolie toilette à son amour pour l'ordre et la propreté:

— Allez voir dans sa chambre!

La bonne odeur qu'elle exhale aux émanations balsamiques de son corps virginal:

Pommades, essences, patchouly!

La dignité de ses manières, la beauté de son langage, à une éducation distinguée:

Vernis, copie apocryphe, contrefaçon!

Sa taille fine et bien prise à la perfection de son torse:

Supplice du corset!

La surabondance de ses boucles chevelues à la richesse de sa nature:

Additions, anglaises postiches!

Votre imagination lui prête un tas de choses. Elles sont factices ou augmentées, à moins qu'il n'y ait excès, alors c'est encore différent.

Qu'un jeune homme honnête tombe entre les filets d'une pareille femme, il n'y a pas de supplice et d'humiliation qu'elle ne lui fasse endurer: elle affectera des préférences pour un rival qu'elle méprise, afin de torturer son esclave.

Souvent à la coquette il faut un sujet de contenance ou de maintien: c'est un chat ou plutôt ou chien épagneul, levrette ou griffon. Ce sujet sert à se manifester: on lui parle, on lui dit des douceurs, on lui prodigue les noms les plus tendres. Vous êtes réduit au misérable rôle de lutter d'amabilité avec un carlin. Il y a cette différence que le carlin est assis sur les genoux de sa belle maîtresse, qu'elle le caresse, lui donne des baisers, le presse sur son sein, se laisse même lécher par l'animal, allume dans votre cœur un foyer de haine et de jalousie contre la bête, que vous voudriez tordre. Mais non, il faut que vous vous mettiez à genoux, il faut mendier une faveur au toutou, il faut vous faire lécher aussi, si c'est possible.

L'amour peut-il rendre fou à ce point de se dégrader jusque-là ! N'y a-t-il pas de quoi dégoûter les plus intrépides ? surtout quand on songe aux habitudes plus que sales de ces animaux, à leur friandise pour certaines choses, cela soulève le cœur de dégoût !

Et vous, amoureux, empressez-vous donc, tâchez d'avoir votre part aussi.

On vous trouve niais et ridicule si vous faites une observation sur la petite bête ; on trouve cette petite bête meilleure que vous, et surtout plus aimable ; aussi vous la préfère-t-on, vilain jaloux. *Bonne petite bête, va !* et les baisers recommencent.

Pouah !

Il est rare que ces femmes ne soient pas en même temps d'archibégueules.

Contrairement à ce type de malice et d'hypocrisie, voyez les demoiselles que cette fausse tactique n'a pas séduites ; leur naïveté est une grâce de plus : elles ignorent encore l'art de feindre et de dire oui pour non. Les précieuses qualités du cœur et de l'esprit ont été développées en elles par le bienfait d'une éducation toute chrétienne. Leur instruction a été bien comprise ; elle est en rapport avec les nécessités de leur position, elles possèdent de vrais éléments de bonheur ; ce bonheur rayonnera sur la société dans laquelle elles vivront.

Si vous les recherchez, vous les flattez, votre amour les grandit à leurs propres yeux.

Si elles ne peuvent sympathiser avec vous, elles vous éconduisent poliment.

Dans la première hypothèse, elles s'observent et cherchent à devenir plus parfaites encore, afin de reconnaître et justifier, s'il est possible, le choix qui les honore. Elles éviteront de vous contrarier dans vos goûts, dans votre manière de voir ; toujours vraies, toujours dignes et convenables, votre amour pour elles s'accroîtra en même temps que votre estime et votre respect.

Les réflexions que je me surprends à écrire ici vont sans doute m'aliéner les sympathies de plusieurs dames ; elles me diront bien méchant et me croiront en communion avec leurs détracteurs. Que ces dames ne me fassent pas ce tort dans leur esprit. En signalant les travers que j'ai observés, je n'ai désiré que de les mettre à même de ne pas se tromper sur la nature des résultats qu'ils peuvent amener. L'espèce de femmes dont j'ai parlé d'ailleurs n'a guère rien de commun avec la bonne société. Les membres de cette société se reconnaîtront toujours par ce je ne sais quoi de pudibond, de gracieux, de poli et de bon ton, toujours mal copié par les plagiaires.

Au surplus, si je parlais de nous, il y aurait bien d'autres travers à redresser, et certes il nous faudrait bien accepter notre part de complicité dans tout ce que nous avons paru blâmer chez les femmes.

CHAPITRE XVIII.

Apportez-moi mes bottes.

Les voyageurs matinals, à l'hôtel.

Perlin fut enchanté du résultat de cette première entrevue. Il était temps de prendre congé de l'aimable famille, l'heure des leçons épinglait Perlin ; il demanda la permission de revenir le dimanche suivant, ce qui lui fut accordé, et partit enfin pour regagner Landrecies le cœur léger et content.

Le dimanche suivant, Perlin fit procéder de bonne heure à sa frisure. Sa toilette fut relevée d'une culotte de nankin, qu'il enjamba avec cette satisfaction qu'on éprouve alors qu'on se dit à soi-même : Quel effet ça va faire ! Va-t-on me trouver bien !

Au moment où Perlin va chercher ses boucles il reste la bouche ouverte.

— Ah ! gredin de juif, si je te rattrape, je te tricotterai les côtelettes au beurre noir ! Fripon, voleur...

La cause de cette colère est facile à comprendre.

Perlin, en allant au jardin d'Eléonore admirer ses œillets, a dû frôler, en passant dans les allées, quelques buissons de groseilles sur les feuilles desquels perlaient encore des gouttes de pluie de la veille.

Les boucles en acier poli s'en sont ressenties quelque peu, et aujourd'hui leur beau poli disparaît sous une couche de rouille d'un jaune sale.

La mode du temps n'avait pas encore inauguré cette couleur, et Perlin n'osait pas risquer de prendre l'initiative.

Après quelques essais infructueux tentés sur ces boucles pour rappeler leur état primitif, il les jeta par la fenêtre. Il eut recours alors aux dernières boucles qui lui restaient. Ces boucles étaient en or de Manheim, espèce de similor, et une fois bien fourbies, elles ne devaient rien au métal dont elles empruntaient le nom.

Perlin courut plutôt qu'il ne s'achemina vers Fayt.

La réception fut des plus cordiales. Dubar lui pressa affectueusement la main, et Eléonore le salua de son plus doux sourire.

CHAPITRE XIX.

Qui compte sans son hôte compte deux fois.

Proverbial.

Nous n'avons pas l'intention de rapporter ici la carrière amoureuse exploitée par Perlin, tous les préliminaires du mariage se ressemblent à peu de chose près. Perlin entoura celle qui devait porter son nom de tout son respect, et il ne pouvait en être autrement.

Sa demande en mariage fut agréée ; bien que la mère aurait désiré ajourner cette union, Perlin était amoureux, et à cause de sa position précaire et qu'il fit valoir, les délais furent abrégés.

Ce que le lecteur ignore encore, c'est que notre jeune homme était orphelin depuis l'âge de dix-huit ans, et qu'il vivait seul dans un appartement garni, sur la place de Landrecies.

Il avait son temps à peu près employé aux leçons d'épinette et de chant, en ville et aux environs, et se faisait une existence assez aisée pour satisfaire ses moindres caprices.

Les leçons de musique étaient peu payées à cette époque. On donnait de six à douze francs par mois au plus ; aujourd'hui, en province, ces mêmes leçons se payent deux et trois francs par heure, et nos grands maîtres de la capitale, quand on arrive à la haute faveur d'obtenir leurs conseils, prennent quinze ou vingt francs pour le même temps.

Le dimanche où la première publication des bans eut lieu, les jeunes gens se réunirent et agitèrent cette question, à savoir s'ils permettraient ou non ce mariage. C'était comme ça.

Cela tenait du mauvais gré ; il y avait des formes que Perlin était accusé de ne pas avoir accomplies, et il avait à compter avec des gars jaloux de conserver leurs prérogatives et leurs droits dans ces circonstances.

Leur conduite était sans doute peu en harmonie avec la loi ; mais en vain aurait-on voulu se soustraire à leurs usages, il n'y avait pas moyen, tout le monde y passait.

Or, il fut résolu qu'on devancerait en nombre Perlin à son retour à Landrecies, et qu'on l'attendrait sur la route pour procéder à son examen.

Perlin, selon sa coutume, prend congé de Dubar et de sa fiancée vers sept heures du soir, et s'achemine gaiement vers la ville ; il forme mentalement des plans de bonheur comme en forment tous les futurs maris ; il se complaît dans ses projets d'avenir et se berce dans ces riantes pensées : « Rois, » que m'importent vos couronnes !... Riches, gardez vos trésors ; je suis plus heureux que vous, je vais épouser Eléonore... »

Au moment où il savoure cette délicieuse pensée, Perlin se sent arrêté un peu violemment par le bras, il lève la tête :

— Qu'est-ce ? dit-il.

— Nous vous attendons ; entrez.

— Merci, merci, je n'ai pas le temps. (C'était vis-à-vis un cabaret.)

— Ça ne sera pas long; mais c'est indispensable, nous avons à vous causer.

Perlin a reconnu un des jeunes gens les mieux huppés de la commune, à son langage épuré et à sa haute stature; il se décide à entrer dans la salle où une vingtaine d'autres jeunes gens se trouvent attablés avec leurs triboulettes, chacun la sienne.

— Jeune homme, lui dit son premier interlocuteur, après lui avoir préalablement offert un escabeau; jeune homme, notre curé nous a dit au prône aujourd'hui que vous aviez échangé une promesse de mariage avec Eléonore Dubar, une de nos filles, à laquelle nous tenons beaucoup, et que nous ne sommes guère disposés à nous voir enlever...

— Messieurs, cela est très-vrai, et cette formalité la loi l'exige, avant le mariage, pour tout le monde, à cause des empêchements dirimants canoniques, et autres qui pourraient surgir. — Cette formalité sera répétée dimanche prochain, et nous nous marierons le mardi suivant.

— Vous vous marierez, dites-vous, le mardi suivant?

— Mais, sans doute; c'est arrangé comme cela.

— Alors c'est différent; ça ne se peut pas.

— Comment? dit Perlin qui croit avoir mal entendu.

— Ça ne se peut pas?

— Ça ne se peut pas, répètent les autres jeunes gens autour de la table.

— Vous me ferez au moins le plaisir de me dire la raison qui pourrait empêcher mon union d'être bénie dimanche prochain?

— Monsieur, il y en a une excellente, c'est que cela ne nous convient pas.

— Messieurs, ceci est assurément une plaisanterie; je m'en trouve honoré. Si j'eusse prévu que votre consentement à la chose fût indispensable, je me serais empressé de me mettre en mesure auprès de vous, repart Perlin en s'efforçant de rire.

— Et vous auriez bien fait, monsieur, lui répond toujours le même jeune homme. Vous avez cru devoir en agir autrement, au mépris de nos coutumes, affectant de vous éloigner de notre société au lieu de chercher à vous en rapprocher et à nous rendre favorables à vos projets.

— Mais, messieurs, reprend Perlin, je n'avais pas besoin d'un appui étranger, puisque j'avais l'affection des parents outre celle de la fille.

— Eh! monsieur, que nous importent les parents? Nous permettons ou nous refusons. Et ici, à cause de votre conduite avec nous, nous allons statuer en conseil à votre égard.

Perlin commence à trembler, il voit et comprend qu'on lui parle sérieusement; il proteste de son innocence et de sa complète ignorance de coutumes qu'il n'aurait pas devinées et dont personne ne l'a instruit.

Il n'a pas, dit-il, eu occasion de se trouver avec ces messieurs, à cause des goûts d'Eléonore; elle ne danse pas et préfère la promenade.

Le ton et la franchise de Perlin lui gagnent quelques sympathies. On va le juger, et s'il ne se conforme pas à l'arrêt, adieu ses rêves de bonheur, car il n'y a pas moyen d'appeler de ces décisions.

Or, à cause des circonstances atténuantes, et après une courte et sérieuse délibération, le plus ancien des jeunes gens rend le verdict suivant :

« Attendu que le prévenu ne s'est conduit d'une manière insolite vis-à-vis la jeunesse de notre commune que par ignorance de nos coutumes respectives et maintenues de tout temps, le condamnons à supporter les frais d'un déjeuner communal, consistant en cinq tonnes de bière, six jambons, cinq cents livres de pain et dix livres de moutarde; plus, à payer les violons, et ce, à prendre ou à laisser; et, en cas de refus, lui défendons à l'avenir l'entrée du territoire du Grand-Fayt pendant dix ans.

» L'exécution du présent est confiée à la diligence de toutes les parties intéressées solidairement présentes et absentes, auxquelles il en sera donné connaissance sous toutes réserves... »

Perlin entendit cet arrêt sans sourciller. Sans doute ces exigences lui parurent exorbitantes; mais il répondit, avec une affabilité de circonstance parfaitement inspirée :

— Messieurs, vous allez au devant d'un désir que peut-être je n'aurais pas osé formuler. Je suis heureux de condescendre à ces conditions et de prouver à tous les habitants du Grand-Fayt ma vive affection et le cas particulier que je fais d'eux.

— Touchez là, c'est entendu.

Et des poignées de main scellèrent cette convention; après quoi Perlin put continuer sa route, salué par les plus chaleureux vivats.

———

CHAPITRE XX.

> Quel plaisir d'aller à la noce,
> Surtout quand il n'en coûte rien !
> *Madame Gibou.*

Chemin faisant, il réfléchit à l'engagement qu'il venait de prendre. Ses économies seraient rudement entamées; mais pouvait-il hésiter quand il s'agissait de perdre Eléonore?

Quand il put revenir dans la semaine, il raconta à Dubar la scène qui s'était passée le dimanche précédent entre les jeunes gens et lui, et l'engagement qu'il avait pris. Dubar le reconforta, l'approuva fort et voulut entrer pour moitié dans les frais de cette manifestation.

— Je m'arrangerai, dit-il, pour le jambon et le pain; songez de votre côté à vous entendre avec le brasseur pour qu'il vous prépare la quantité de quatre tonnes de bière forte et deux de petite; vous aurez une boisson moins capiteuse à offrir, et chacun y trouvera son compte. Je vous recommande surtout la qualité de la moutarde, car ici on y tient; ces messieurs sont de première force sur ce condiment. Vous en avez inscrit dix livres; il serait prudent, selon moi, de doubler la dose, si vous voulez vous faire choyer.

— Qu'à cela ne tienne, dit Perlin; mais j'y songe, beau-père, ce déjeuner pourrait fort bien nous servir de repas de noces?

— Ma foi, vous avez raison; l'idée n'est pas mauvaise. En ajoutant cent livres de pain, quelques douzaines de bons fromages, deux ou trois pots de beurre, trois à quatre veltes de vieux cidre, les frais de la noce seront couverts, et nous aurons l'immense honneur d'avoir tous les habitants du village pour convives.

— C'est entendu... Dois-je venir lundi pour les apprêts?

— C'est inutile, vous gêneriez... Mais, mardi, tâchez de venir; vous serez probablement nécessaire à la cérémonie.

Perlin ne trouve pas de réponse à cette plaisanterie; il serre la main du futur beau-père et va retrouver Eléonore, très-affairée dans ses apprêts de toilette et de trousseau; aussi ne peut-il lui adresser que quelques mots sur l'éternel sujet qui fait les frais ordinaires des amoureux. Et qu'on ne s'attende pas à ce que j'aille rapporter ici ces banalités de tous les temps : ces sortes de choses se passaient, il y a un siècle bientôt, comme aujourd'hui.

Eléonore, voyant Perlin faire la moue, lui donna sur les joues deux petits soufflets de ses douces et petites mains blanches, en lui disant : Allez, monsieur, ne me boudez pas, c'est pour nous que je travaille. Je ne suis pas moins impatiente que vous d'avoir fini. Allez, et revenez vite.

Perlin s'empara des petites mains, et, pour les punir de leur indiscrétion, il les aurait volontiers mangées. Il les porta à ses lèvres, et se retira pour courir à ses leçons.

Enfin, ce jour si désiré de tout le village, moins encore que de nos amoureux, vint à poindre.

Dès l'aurore, les jeunes gens avaient repris le travail de la veille pour égaliser et rafraîchir le sol de la place où le banquet devait avoir lieu.

Le ciel promettait un temps magnifique. On était en mi-septembre; les moissons avaient été des plus riches et des plus abondantes cette année, et, sauf quelques avoines tardives, toute la récolte était rentrée, ce qui laissait plus de liberté aux campagnards que pendant les mois précédents.

Chaque ménage avait été informé des dispositions qu'il devait prendre; elles consistaient dans l'apport d'une table, de bancs ou chaises, selon l'importance numérique dont la famille se composait. Chaque membre devait se munir, en outre, d'une assiette, d'un couteau, d'un verre et d'une fourchette.

A l'heure dite, toutes les tables arrivèrent; il y en avait plus de deux cents.

Elles furent disposées en carré fermé, laissant un espace vide à l'intérieur.

Les ordonnateurs de cette fête avaient leurs raisons pour en agir ainsi, comme nous le verrons. A défaut de nappes, on mit les draps en réquisition, et on les étendit sur les tables; ce qui régularisa le coup d'œil. On raccourcit plusieurs perches à houblon qu'on planta de distance en distance, vis-à-vis l'une de l'autre, de chaque côté des tables, et qu'on relia avec un autre bout de perche transversale.

On jeta sur ces étais, parallèlement disposées, de grandes toiles à battre le colza, des bâches grises et blanches qui protégèrent suffisamment contre l'ardeur du soleil. On disposa des treilles en forme de berceau et des guirlandes de verdure mêlées de fleurs.

Sous un de ces berceaux (il y en avait quatre, un au centre de chaque table), se trouvait un écusson en forme de couronne au milieu duquel se détachaient, sur fond vert, les chiffres des jeunes époux, tressés de roses blanches et rouges.

A dix heures, la cloche donna le signal du départ pour la maison commune.

Aussitôt tout le monde se mit en devoir de former le cortége et la haie depuis la maison de Dubar jusqu'à la mairie.

C'était vraiment quelque chose de bien joli que de voir tous ces habitants avec leurs habits de fête, les hommes d'un côté et les femmes de l'autre, participer à cette noce.

C'était une fête générale, une de ces fêtes qu'on ne voit plus aujourd'hui, une vraie réunion de famille.

Le maire, en costume officiel, attend les futurs conjoints. Il reconnaît Perlin, le salue en souriant et lui demande si le juif ne l'a plus visité depuis cette nuit mémorable où. . .

Perlin rougit un peu, sourit à son tour, et fait un signe négatif.

La cérémonie commence, l'officier municipal dans l'exercice de ses fonctions a pris un air de gravité vénérable; le bruit cesse, on l'écoute en silence; il s'attache à expliquer leurs devoirs respectifs aux époux, et sur leur consentement demandé les déclare unis par les liens du mariage; le greffier en prend acte.

A l'église, les jeunes époux sont conduits de la même manière et avec les mêmes démonstrations; une cérémonie semblable se reproduit.

Mais ici ce n'est plus le fonctionnaire indifférent, c'est le prêtre qui parle à leur conscience et leur dit le respect qu'ils doivent avoir pour ce sacrement d'institution toute divine.

Il leur apprend combien cette union est étroite et combien il importe de la respecter, puisqu'elle est ratifiée dans le ciel; il les instruit des égards, des prévenances et de la patience dont ils doivent user l'un pour l'autre, combien ils ont intérêt à se complaire et à se souffrir.

Les époux prononcent leurs serments. Le prêtre, par le signe de la croix, appelle les bénédictions de Dieu sur leurs têtes et leur souhaite une grande postérité.

CHAPITRE XXI.

Saltarelle furibonde qui se dansait à
Roulx.

La messe est célébrée et chacun prie pour le bonheur du jeune couple.

Les tables sont dressées, le déjeuner est servi, les époux et la population entière viennent prendre place au banquet, à l'exception de la famille Dubar. L'autorité municipale et M. le curé se groupent autour du berceau disposé en l'honneur des mariés, tout le monde se mêle sans distinction de caste ni de fortune. Des pauvres il n'y en a pas. Ce sont tous honnêtes gens qui se connaissent et ont conservé leur honneur intact; la joie la plus franche, la fraternité la plus cordiale président à ce repas animé par de bonnes et naïves plaisanteries, acclamées par des rires sans fin, par des trépignements d'une étourdissante allégresse.

On trouve le déjeuner délicieux, on boit au jeune ménage, le menu disparaît rapidement, et avant une heure, sauf quelques rares croûtes de pain, les plats et tables sont entièrement nettoyés.

On empile la vaisselle, le triage et la reconnaissance auront lieu plus tard, on excepte les pots et les verres et on remise les piles d'assiettes entre les deux tonneaux renversés, lesquels supportent un dessus de table assez grand pour contenir l'orchestre, car on n'a pas oublié les ménétriers.

Dubar les a loués pour la journée au nombre de trois, à savoir : une viole (violon à cinq cordes), une bombarde, espèce de grande musette qui se joue avec une anche de basson, et une basse. Un deuxième violon s'était présenté pour former le quatuor dansant, mais telle était la prévention de Dubar contre les seconds violons, qu'il ne voulut pas en entendre parler. L'espace ménagé à l'intérieur est aplani, sablé et humecté; les bancs sont rangés, les divertissements commencent vers quatre heures.

Le maire ouvre le bal avec madame Dubar par un menuet et se fait admirer, malgré ses cinquante ans sonnés, par un reste de souplesse, de désinvolture et de gestes quasi gracieux.

Madame Dubar est un peu raide et s'affaisse trop dans ses révérences, mais à cela près, comme dit Léopold, c'était fort bien.

On danse une gavotte, à la gavotte succèdent d'autres danses. Les parents sont là, leurs enfants s'amusent sous leurs yeux, le plaisir de sauter, de se trémousser à cœur joie est un besoin pour eux. La sueur ruisselle de tous leurs pores.

Bah ! à peine trouvent-ils un moment pour s'essuyer un peu, boire un verre de cidre et recommencer de plus belle.

Les personnes d'âge et celles qui ne se sont pas mêlées à la danse fument et causent assises au dehors du carré.

M. le curé quitte la noce à la fin du repas, exhortant tous les habitants à se retirer de bonne heure.

Il espère qu'après neuf heures chaque ménage rentrera dans son domicile respectif.

CHAPITRE XXII.

Collige oleum tuum.
Ramasse ton huile.

CLAQUOT.

M. le maire propose de danser une sarabande générale en rond qu'on nomme la boulangère; on accueille, on acclame la proposition, et la chaîne se forme en rond. On se prépare à tourbillonner dans l'enceinte à peine assez grande pour contenir cet immense anneau.

Le jour a cessé depuis longtemps d'éclairer la scène où l'on s'ébat si joyeusement, mais on y a pourvu. On avait préparé à l'avance plusieurs appareils d'éclairage très-simples et d'un excellent effet.

Des perches à houblon avaient été raccourcies à la longueur de deux toises et fichées verticalement en terre. Sur l'extrémité supérieure et sur le bois de bout de ces perches, des planchettes carrées avaient été clouées en tablettes, pour supporter de grandes toiles pleines d'huile de colza; dans cette huile baignait une forte torsade de coton allumée, présentant son foyer de lumière au bord de la coupe à l'endroit du brochon.

Le revêtement extérieur de ces colonnes rostrales ou lampadaires improvisés si simplement était une tresse de verdure mêlée de fleurs disposées en spirale sur draperie blanche.

A l'aide de la planchette carrée, on avait même trouvé moyen de faire un très-joli chapiteau exclusivement composé de roses rouges et blanches avec leur verdure. Ce qui était d'un très-heureux effet.

La masse s'est ébranlée en ronde et déjà plusieurs cavaliers ont fait le tour de main aux dames au chant renforcé et continuel de :

J'ai vu la boulangère aux écus,
J'ai vu la boulangère.

Vient encore une fois la ronde générale :

La boulangère a des écus
Et nous n'en avons guère ;
Elle en a tant, je les ai vus,
J'ai vu la boulangère.

C'était à Justin à faire le tour de main.

Justin se trémousse, gambade et fait des évolutions excentriques. Arrivé près de l'orchestre, en face de Ludgarde, il l'étreint et la fait tourbillonner avec une effrayante rapidité ; on s'écarte instinctivement en riant et en applaudissant.

Justin ne connaît plus, ne voit plus rien, il redouble ses efforts, et, dans le désordre de ce tournoiement échevelé, se rue lourdement sur un des poteaux lumineux peu paré à résister à un tel choc.

L'énorme lampe qu'il porte vacille, et, obéissant aux lois de la gravitation, glisse de la planchette inclinée, inondant dans sa chute, de toute son huile, le violon placé tout près de là. Celui-ci se réfugie sur la bombarde, laquelle bombarde cherche à se retrancher sur la basse ; tous trois par leur poids, ramené sur une extrémité du panneau, lui impriment un mouvement de bascule inévitable.

Le panneau chavire, l'orchestre disparaît et s'abîme dans les piles d'assiettes en murmurant un dernier accord de détresse.

Ce désastre n'est pas de nature à calmer l'humeur désopilée qui gagne toute la société. Les vieillards eux-mêmes se tiennent les côtes et demandent grâce.

Il faut cependant voir ce qu'est devenu l'orchestre :

Le violon est sain et sauf, le bombardier paraît au contraire fort mal arrangé ; sa chute a été si malheureuse qu'il est tombé le derrière sur la basse et l'a défoncée. Il se trouve par suite enchevêtré entre les éclisses de cet instrument dont les angles le pénètrent et lui font pousser des gémissements qui auraient attendri un banquier ; il tient en main un tronçon de son instrument (j'allais dire de son épée), et demande qu'on le tire de cette douloureuse position.

— Sacrebleu ! dit Dubar, j'ai servi mon pays vingt-sept ans, j'ai vu bien des monuments et sortes d'étrangetés ; mais je n'ai jamais contemplé un mortel dans une situation aussi incommode.

— Ni moi non plus, dit l'adjoint.

Cet accident termine la noce ; les familles se dirigent vers leurs habitations avec une provision de bonheur et des vivres pour leurs pensées. Un immense souvenir se casera dans leur mémoire.

CHAPITRE XXIII.

L'USURIER. — L'argent est hors de prix.

LE VILLAGEOIS. — N'aimpêche ; y m'ain faut absolumaint.

L'USURIER. — Moins de cinquante pour cent, je ne saurais en trouver en ce moment ; encore faudrait-il payer une année d'intérêts à l'avance.

LE VILLAGEOIS. — J'en payrai deux s'y faut.

Charge.

Huit jours après la noce, Perlin ramenait sa jeune épouse en ville et l'installait dans une petite maison située presque vis-à-vis l'hôtel de la *Tête-d'Or*. Cette maison, entièrement transformée depuis (c'était en 1786), se composait de deux pièces basses, cour, cuisine, deux chambres hautes, cave et grenier.

Notre intention n'est pas d'ennuyer le lecteur en suivant Perlin et sa femme jour par jour, et de relater les moindres incidents de leur existence. Il nous tarde d'arriver à Bouchain avec lui et de vous dire les phases qu'il a traversées, sa famille et lui, et les événements qui nous ont paru d'une nature assez intéressante pour être portés à la connaissance du public.

Perlin, nous l'avons dit, exerçait à l'époque de son mariage la profession peu lucrative de maître de clavecin et de chant. Éléonore avait eu pour dot de ses parents un trousseau complet, quelques meubles et pièces de ménage, en outre, cent couronnes (600 fr.).

Elle utilisait fructueusement tout le temps dont elle pouvait disposer après avoir pourvu aux soins domestiques, à coudre et confectionner des blancs pour la pratique. Elle faisait aussi un peu de dentelle. Ces époux étaient aussi heureux qu'ils pouvaient le désirer.

Le ciel avait exaucé le souhait du curé qui les avait mariés : deux enfants étaient nés. On les avait baptisés sous les noms de Furcy et de Décossine.

Cette vie si calme, si douce, fut troublée par les événements politiques. La révolution de 93 vint à éclater, et, dans la fureur de son vandalisme, abolit entièrement les maisons religieuses en même temps qu'elle enlevait les églises au culte catholique et les transformait en clubs, après avoir été préalablement dévastées.

Perlin perdit sa place d'organiste et les deux tiers de ses leçons. Il se trouva bientôt réduit à un état d'existence problématique. Pour comble d'infortune, il fut considéré comme suspect ; mais n'ayant rien à perdre il n'émigra pas et on le laissa à peu près tranquille. Dire ce qu'il souffrit pendant ce temps de misères et de privations est chose que nous n'entreprendrons pas. Cela n'est pas gai.

Quatre enfants lui survinrent et ne firent que compliquer sa situation déjà si compromise. Un usurier lui offrit ses secours et lui avança trois cents écus sur l'héritage de sa belle-mère.

Dubar étant mort depuis peu de temps, Perlin signa la reconnaissance sans trop faire attention aux lourds intérêts qu'elle stipulait et s'embourba dans une impasse inextricable.

Perlin lutta d'abord courageusement contre l'adversité. D'abord il éleva des alouettes et d'autres oiseaux à la serinette ; il fit d'intéressants travailleurs avec de jeunes chardonnerets, les obligeant à tirer à eux le bac contenant le chènevis, le millet et l'œillette dont ces oiseaux se nourrissent et à puiser également leur eau pour s'abreuver.

Ces élèves entraînaient plus ou moins de temps à se montrer dociles à ce système d'instruction et rapportaient, par conséquent, fort peu de chose.

L'hiver, Perlin filait et étudiait son clavecin tour à tour, s'identifiant avec les productions des Lulli, des Mozart, des Boëldieu, des Vogler, etc., etc.

Le printemps arrivé, il variait ses occupations. C'était des semis de giroflées, d'œillets, des boutures de variétés de roses perpétuelles, des églantiers à écussonner, et tout cela sur ses croisées, dans de piètres caisses de bois, dans des pots de terre cuite, pour être donnés contre quelques pièces de menue monnaie. Il confectionnait aussi des filets et engins de chasse, des lignes à pêcher, recueillait les grosses chenilles vertes et cornues, accélérait leur état en chrysalides, et s'il obtenait, à la suite de leurs métamorphoses, quelques jolis papillons, il les vendait aux collectionnaires ou amateurs en ce genre.

Il composait des morceaux d'orgue, des chants avec accompagnement de guitare ou clavecin, en même temps que des asticots pour la pêche à la ligne.

Eléonore, la pauvre mère, en avait plein les bras avec ses enfants, ne pouvait plus trouver de temps pour travailler que pour ravauder les bas bleus à côtes de son mari et rapiécer les vêtements de ses six enfants.

CHAPITRE XXIV.

Quantum mutatus ab illo!

Perlin se courba sous le poids des misères accumulées sur sa tête; son caractère s'aigrit; il devint bref, bourru, taciturne, et s'endurcit au point de traiter ses enfants avec brutalité.

Furcy, l'aîné de ses enfants, fut la première victime sur laquelle Perlin voulut comme se venger des souffrances et privations qu'il endurait depuis quinze ans.

Quoique ce jeune homme ressemblât physiquement à son père par la quadrature de son *facies*, la nature ne l'avait pas favorisé d'une intelligence extraordinaire; loin de là, Furcy eut plus de mal qu'un galérien pour apprendre à lire, et quand il lui fallut apprendre la musique, ce fut bien autre chose.

Furcy avait un front haut, conique et très-étroit au sommet. Ce qu'il apprenait difficilement, il le retenait pourtant; il avait d'excellentes raisons pour s'en souvenir, car les leçons étaient d'une logique serrée : la science lui était démontrée à grands renforts d'étrivières.

Je ne sache pas qu'on puisse jamais percer dans quelque talent quand il vous est enseigné de cette manière, surtout pour la musique; il y a de quoi rebuter les mieux trempés.

Ce pauvre Furcy n'était pas consulté sur ses goûts, car je pense qu'il aurait préféré autre chose.

A-t-il reçu des roulées et des coups sur la tête, ce chrétien-là, en a-t-il reçu!

Son nez n'est devenu si énorme et si accidenté que pour avoir été contusionné et écrasé sur le pupitre où se trouvait la musique qu'il déchiffrait si péniblement.

Il réussit mieux cependant dans l'art d'écrire, et apprit à faire ses quatre règles assez joliment. Tant qu'à la grammaire, il l'apprit par la suite sous un maître plus doux que son père; ce qui prouve qu'il aurait réussi dans d'autres sciences si on s'était mis en rapport avec ses dispositions, si enfin on avait procédé avec ménagement.

Furcy était l'aîné de six enfants; venait après lui Décossine, sa sœur;

Puis Constant;

Ensuite, Agnès, Adélaïde et Sosthène.

Nous parlerons de Décossine à son tour. Son enfance n'a rien présenté d'extraordinaire.

Tant qu'à Constant, c'était bien l'espiègle le plus démoniaque, le sacripant le plus distingué qu'on ait mis au monde.

Sa biographie va commencer : c'est une série de farces, de tours pendables, dont il a été l'auteur, d'autres fois la victime par représailles.

Son père avait un faible pour lui. Pourquoi? Je pense que cette préférence était une espèce de pitié pour l'infirmité dont son fils se trouvait affligé.

On reconnut, à l'âge où les enfants ont coutume de parler, que Constant ne serait jamais un orateur. En effet, Constant était bègue.

On le mit à l'école; il préféra l'école buissonnière.

On lui donna une croisette; il la jeta au feu.

On lui en donna d'autres; il les lacéra, les macéra ou les perdit. En fin de compte, il ne put jamais arriver à connaître ses lettres.

Son père se dispensa de l'initier aux beautés de la musique; il recula vis-à-vis une tâche de cette force-là.

En revanche, Constant était très-adroit dans les petits ouvrages que son père faisait pour vivre; il l'aida considérablement, et fit de lui-même des cages d'oiseaux de plus en plus belles et assez originales. Ces cages trouvèrent des acheteurs, et ce fut une ressource de plus pour la famille.

Bien que très-adroit, s'il prenait à Constant fantaisie de prendre l'air, il ne demandait pas permission.

Il avait la passion de grimper aux arbres, de chercher des nids d'oiseaux et les œufs, qu'il ne laissait pas en couvée; il les suçait à l'aide d'un petit trou fait à chaque bout, et enfilait ces coques en longs chapelets appendus à la cheminée comme trophées de ses nombreuses déprédations.

Ces goûts se révélaient dans son enfance comme préludes d'autres plus importants.

Il fallait cependant que Constant fît sa première communion; il avait douze ans accomplis et savait à peine faire le signe de la croix, et dire avec sa mère l'*Oraison dominicale* et la *Salutation angélique*.

Constant comprit qu'il fallait passer par là, et fréquenta le catéchisme avec une louable assiduité, grappillant selon l'occasion une pomme à l'un, à d'autres une toupie, un cordon, une bille, un biscaïen, une carotte, etc., etc.

CHAPITRE XXV.

Les grosses fageaient bou-boum,
Chès petiotes tirelire. . . . .
Les moyennes zorgues à leur tour
Tlaïn zaïn taïn fageaient tourelour.
BRULEMAISON.

Constant a atteint sa quatorzième année, son frère sa dix-septième. Nous arrivons à l'époque du concours dont nous avons rendu compte en commençant cette véritable histoire. Nous connaissons le résultat de ce concours et nous avons assisté comme témoin à l'arrivée à Bouchain de la famille Perlin et de tout son bagage. Le père, le charretier et les deux fils aînés eurent bientôt déchargé, transporté et rangé meubles et tout le bataclan.

Il n'y avait que deux caisses, trois malles, une armoire, une barre à pots, un clavecin à queue, une épinette carrée, plusieurs pots et caisses de fleurs emballés, des cages avec des oiseaux divers, quelques chaises, deux tables, une chiffonnière, une marmite, un chaudron et autres bidons de ménage.

Il y avait aussi quelques literies, un bois de lit démonté et deux baudets ou lits de sangles.

Décossine et sa mère disposèrent la première et unique chambre du rez-de-chaussée d'une manière assez propre. Le clavecin fut placé en évidence, l'armoire et la barre à pots dans le fond à droite en face les croisées; une table et des chaises furent mises en face la cheminée.

On casa le reste au premier et au grenier, et la grosse vaisselle dans une petite cuisine ou fournil en entrant à droite.

Il y avait cinq marches à cette époque, pour arriver du sol de la rue au rez-de-chaussée de cette maison. Je ne sais si les choses sont encore telles.

Ce même soir, avant la prière et avant de se coucher, Perlin fit à sa famille le discours suivant : Nous voici installés, grâce à Dieu, et après-demain j'entre en fonctions. Que chacun de vous travaille avec courage et bonne volonté, dans l'intérêt de la famille, et se conduise convenablement, *ou sinon...* M. Perlin n'ajouta pas un mot de plus, mais il montra un nerf de bœuf, qui fit plus d'effet que tous les développements qu'il aurait pu donner à son exorde.

Chacun comprit et alla se coucher.

Le surlendemain, *c'était un dimanche,* M. Perlin se fit entendre sur l'orgue à la messe paroissiale pour la première fois.

Il avait accordé les jeux d'anches la veille et épousseté les tuyaux muets des jeux de fond.

L'orgue de l'église de Bouchain ne comportait pas l'étendue qu'il présente aujourd'hui.

C'était un *quatre-pieds bouché* de quatre octaves, à dix registres, avec tremblants et rossignol.

Tout le monde voulut assister à la grand' messe ce jour là. Il y avait si longtemps qu'on avait entendu d'orgue!

Plusieurs amateurs des villages voisins, mus par un sentiment plus curieux que religieux, accoururent aussi à la messe à Bouchain pour entendre cet artiste célèbre pour son époque.

L'église était comble, un pois jeté du jubé ne serait arrivé que très-difficilement sur les dalles. Perlin préluda de courts versets, alternant avec les chants du chœur jusqu'au moment de l'offertoire ; mais, arrivé à ce point, son génie musical prend son essor, la scène qu'il déroule est un effet de nature parfaitement traduit. Nous allons essayer de la décrire.

Au moment de l'offertoire, le prêtre se retourne comme chacun sait, et salue les assistants en leur souhaitant la société du Seigneur ; après la réponse, l'orgue chante pendant l'oblation et les encensements jusqu'à la préface.

Donc, après cette réponse chantée (*et cum spiritu tuo*), on écoutait... On écouta un peu de temps sans rien percevoir. Enfin, on entendit une forte rafale de vent pendant laquelle, pour rendre l'illusion plus complète, M. Perlin fit jeter quelques ardoises par la fenêtre.

Cette rafale fut suivie du sourd grondement d'un orage encore éloigné. La fauvette hasarda timidemement quelques notes, le pinçon plus hardi lui répondit, l'alouette tenta une ascension ; mais comme si elle eût senti quelques gouttes de pluie, replia ses ailes et opéra sa remise.

Le tonnerre grondait à intervalles en se rapprochant davantage. Le rossignol veut à son tour écraser les chanteurs précédents de sa supériorité, il se trouve interrompu par le coucou.

Le berger a pris sa musette et par une délicieuse pastorale rappelle son troupeau. Le troupeau arrive en bêlant. — Le tonnerre gronde de plus en plus fort et se rapproche sensiblement ; le pâtre embouche sa corne et rappelle ses bêtes. On entend un bruit de feuilles fouettant par un vent violent, une branche d'arbre se brise, un violent coup de tonnerre éclate et paraît tout écraser.

La moitié des assistants se sauve de l'église, les autres ne sont guère plus rassurés. On entend les tintements précipités d'une cloche que Perlin a détachée du carillon pour compléter son morceau qui finit par un incendie.

Le chef-d'œuvre qu'il exécute alors est une invention intraduisible, et de celles qu'on n'écrit pas, parce que cela est impossible.

Perlin fait entendre des cris de détresse, des pétillements, des gémissements, des voix d'animaux, qui diminuent peu à peu, s'éteignent, disparaissent enfin et vous laissent profondément impressionnés.

Tout cela était possible, Perlin avait composé et réalisé cette poésie musicale et scénique avec un tact et une vérité des mieux senties.

L'orgue est l'instrument le plus complet et le plus riche en ressources ; mais que d'études et d'essais n'avait-il pas fallu à cet artiste pour donner un exposé aussi fidèle de cette scène sur un aussi petit orgue et avec un seul clavier de quatre octaves!

Il fut salué et admiré comme un grand maître, et de ce jour sa réputation n'eut plus rien à gagner sous ce rapport.

CHAPITRE XXVI.

L'éducation de la jeunesse est assurément de la dernière conséquence.

Civilité française, chap. Ier.

Bouchain ne présentait guère de ressources pour une maîtrise musicale. Perlin colporta son talent au dehors. Il obtint l'entrée des châteaux d'Etroungt, de Paillement, de Wavrechain, et fut magnifiquement rétribué pour ses leçons.

Furcy grandissait et étudiait bon gré, mal gré, sciences, lettres et musique. Cette dernière leçon était la plus cruelle pour lui, il était fort aise quand il en était quitte pour quelques calottes.

Constant continuait sa vie aventureuse.

M. l'abbé Leroy, doyen de Bouchain, était parvenu à lui intuiter la connaissance des principaux enseignements de la religion, et l'avait admis à faire sa première communion à quinze ans ; mais Constant avait ensuite repris ses habitudes vagabondes et nomades, travaillant par bouffées ou pérégrinant dans les marais, les tourbières, explorant les fortifications et leurs recoins les plus mystérieux, interrogeant les mines et contre-mines, les terriers et remises, rapportant chez lui lapins, poules d'eau, grives prises au lacet, poissons pêchés à la ligne dormante, et quelquefois un ou deux jeunes perdreaux vaincus après deux ou trois lieues de course pédestre.

Constant, à son arrivée à Bouchain, voyant que tous les enfants savaient nager de bonne heure, passait une grande partie de la journée dans l'abreuvoir.

Le lecteur sait que Perlin était arrivé à Bouchain en juin et que le mois de juillet est celui où l'on prend le plus de bains à la rivière.

Constant sut vite nager entre deux eaux et passer l'abreuvoir. Quand il sut en faire le tour ; il alla à l'écluse du petit bois, apprit à plouger, à sauter à l'eau et se perfectionna vite dans l'art très-nécessaire de la natation.

Constant se montrait hardi plongeur et faisait des tours de première force. Il était réputé comme premier plongeur parmi ses camarades, car il avait vite fait connaissance avec les jeunes gens de son âge, particulièrement avec les oisifs et les partisans de l'école buissonnière.

Il paraissait plus disposé en faveur de l'un d'eux, nommé Charlot, bien que celui-ci fût un narquois consommé et un finot.

Charlot, de son côté, quoique très-enclin à jouer de mauvais tours aux autres, reconnaissait à Constant d'excellentes qualités, de l'énergie, du sang-froid, d'incontestables capacités, et même de l'intrépidité; aussi, n'aurait-il pas osé l'affronter ni se moquer de lui ouvertement.

Un jour d'étouffante chaleur, c'était en août, suivant Constant, Charlot et compagnie allèrent à l'endroit du canal de l'Escaut dit la Grange-Saint-Jean, et ayant aperçu une barque amarrée à un poteau par une chaîne cadenassée, et ne pouvant ni casser ni couper cette chaîne, ils déracinèrent le poteau, et, à l'aide d'une gaule, firent tant de manœuvres et de tournoiements qu'ils abordèrent de l'autre côté, à l'endroit de l'affluent de la Sensée.

Se déshabiller, se jeter à l'eau, ne demande pas une minute. Que fera-t-on dans l'eau? car il faut faire quelque chose : jouer au cheval fondu; mais on ne peut pas toujours jouer au cheval fondu ; se lancer de l'eau ou de la fange n'est guère plus amusant.

L'un d'eux propose d'aller chercher, en plongeant, les pierres qui garnissent le fond, de les ramener au jour, de les tasser et de montrer aux autres un monument de leurs exploits.

Adopté à l'unanimité.

Deux ou trois plongent et reviennent avec succès, qui avec une brique, d'autres avec des fragments de pierres blanches ou bleues.

Constant plonge à son tour ; mais, pour intriguer ses camarades, il se détourne sous l'eau pour revenir à la surface bien loin de là.

Les autres qui attendent leur tour sont là, examinant l'eau.

— Quelle haleine ! disent-ils, ce scélérat-là est capable de rapporter la grosse pierre bleue qui est au fond du trou !

Cependant on ne voit rien ; une minute s'est écoulée. On se regarde avec inquiétude.

— Charles, vas-y.

— Ma foi, non, dit Charlot ; pas si bête !

— *Je vas l'hialler*, dit Fenestrel.

Mais au moment où il prend son élan, un d'eux s'exclame :

— *Té tiens ! quois qué ché q'cha ? Wette donc !*

Et en effet, un objet étrange, informe, se mouvait, sortait et s'enfonçait alternativement dans l'eau, à huit ou dix pas du bord.

— *Quois qui nous rapporte-là, ch'voleur-là ? Veyons ; y faut l'assister.*

On court, on tire la machine. C'est un long cylindre en osier, terminé par une pointe à laquelle une brique est liée. l'autre extrémité présente deux grandes ailes ouvertes ; c'est un piège au poisson ; l'intérieur de cette machine est construit en entonnoir, composé d'osiers flexibles qui s'ouvrent complaisamment pour laisser entrer le poisson au moindre effort, mais lui présentent, pour sortir, leurs pointes anguleuses et acérées.

Constant en se détournant s'est fourvoyé rudement dans un de ces piéges et y a engagé sa tête dans la violence d'un élan.

Tous ses efforts pour se dégager de là n'ont abouti qu'à faire entrer plus avant sous ses mandibules les pointes d'osier dont il ne peut se débarrasser. Constant sue dans l'eau et se recommande mentalement à Notre-Dame de Bon-Secours ; il sent la machine bouger, il reprend courage, mais il ne peut respirer. Il est presque à bout, il parvient à prendre fond et à se dresser avec la terrible machine sur la tête, les ailes sur les épaules, et marche en remontant avec précaution sous l'eau vers le bord d'où il espère du secours.

Il était temps. Quand on eut vu la tête de Constant dans cette nasse (cela s'appelle une nasse, je crois), ce furent des rires presque convulsifs et peu s'en fallut qu'on ne lâchât la nasse, et Constant prenait un billet de foud ; son histoire aurait été terminée. Mais Fénestrel et Charlot le hâlèrent avec la machine sur la rive.

Il y avait du sang et Constant ne bougeait plus. On cessa de rire et on coupa la machine pour dégager la tête de Constant, puis on le mit sur le dos, on lui roula le ventre en y appuyant le genou, et par un mouvement de va-et-vient on lui fit rendre quelques gorgées d'eau.

Peu à peu, Constant fit comme un soupir. Ses poumons se vidèrent. Il rouvrit les yeux et se mit à pleurer de douleur ; mais on lui dit : *Ch'n'est rien, va, cha s'passra ; tiens, mets mein mouchoir, dit Charlot, te diras att'mère c'q't'a mal à tes deints.*

CHAPITRE XXVII.

> Celui qui s'expose au danger, très-souvent y périt.
>
> *Proverbial.*

Cette aventure ne corrigea pas Constant de son goût pour les bravades. Une autre fois, en plongeant pour traverser sous deux bateaux de navigation accollés bord à bord, il voulut remonter à la surface de l'eau un peu trop tôt, et s'accrocha la nuque du cou à une tête de clou saillante de l'arête du bateau, et ne se décrocha qu'en y laissant un morceau notable de sa peau.

Un autre jour encore (et ce fut bien cette fois le plus grand danger qu'il courut), c'était à l'époque où on faucarde les herbes qui poussent au fond du lit des rivières. La Sensée charriait ces herbes massées en apparence sur la surface de ses eaux, mais véritablement en corps compact et serré, épais de plus d'un mètre.

Constant paria deux sous qu'il plongerait sous une de ces masses d'herbes, et qu'il reparaîtrait de l'autre côté.

Aussitôt parié, aussitôt lancé. Constant s'engagea dans ces herbes, la tête d'abord, les bras après, et ne fut plus maître de ses mouvements.

Heureusement pour lui qu'il n'y avait guère que quatre pieds d'eau à cet endroit. Il put faire une trouée tout en se débattant, et sa tête parut au milieu de la masse d'herbages. Il était loin cependant d'être sauvé. Ses bras, ses jambes, tout son corps étaient étreints de mille liens, qui les serraient et paralysaient ses efforts.

Entraîné, naviguant avec cette énorme agglomération, Constant se sentit perdu. Il demanda du secours en désespéré. On lui tendit une perche de batelet, qu'il fut obligé de lâcher plusieurs fois, tant était considérable cette masse d'herbes par laquelle il était enlacé.

On pria un batelier stationnant près de là de détacher une barque pour aider au sauvetage de l'imprudent, et ce ne fut, je vous assure, qu'après les difficultés les plus grandes qu'on parvint à le tirer de là.

Seul ou sans secours extraordinaire, il n'est point de nageur à même de se sauver dans cette position où il s'était si allégrement engagé.

A l'avenir, Constant fut plus circonspect, pendant huit jours...

Il reprit ses cages, écorcha des taupes, alla à la pêche, d'où il rapporta toujours quelque chose, n'eût-ce été que des grenouilles, à défaut d'écrevisses...

— Mon, mon père, disait-il avec émotion, si j'avais un, un fusil ?

— Pourquoi faire un fusil ? Te blesser ?

— Vous aimez le, le gibier ?

Perlin sourit de l'idée ; car, en effet, il aimait le gibier et les bons morceaux.

Il avait fait connaissance avec ces bonnes choses dans les châteaux où on le retenait souvent à dîner, et sa friandise avait été alléchée par cette question de son fils : *Vous aimez le gibier ?* et en souriant il avait répondu :

— Oui, sans doute, je l'aime, tu le sais bien, polisson.

— Eh bien ! a, a, a, achetez-moi un, un, un fusil, et je, je, je vous ferai manger du, du gibier tous, tous, tous, tous les jours.

— Bah ! dit le père Perlin ; es-tu sûr de cela ?

— J'en, j'en, j'en réponds.

— Eh bien, nous verrons.

— Quand, mon, mon père ?

— Bientôt.

— Merci, mon, mon père.

CHAPITRE XXVIII.

> Parez tierce, parez quarte, dégagez rapidement, et fendez-vous à fond.
>
> *Botté ordinaire.*

Il y avait à peine un an que le père Perlin s'acquittait de ses fonctions d'organiste, quand un dimanche, au moment où il se préparait à ouvrir la petite porte de l'escalier en spirale qui conduit aux divers étages du clocher de l'église de Bouchain, le sieur Lalou, que, nous n'avons pas oublié sans doute, ce concurrent vaincu, cet aspirant débouté, se présenta à cette porte avec une provision de musique écrite, pliée en deux et à demi remisée sous sa crasse capote de drap puce, se disposant à monter au daux-hal.

Perlin le reconnut et retint le pêne de la serrure.

— Où allez-vous ? lui demanda-t-il.

— Eh ! parbleu, dit Lalou, je vais vous accompagner. J'ai ici d'excellente et agréable musique, qu'on entendra avec plaisir ; je veux en régaler les paroissiens.

— Ça ne se peut pas, dit Perlin. Il m'est défendu d'intro-

duire qui que ce soit au jubé, sans permission de M. le
doyen.

Ce disant, Perlin est entré avec précaution, laissant passer le souffleur, et, sans ajouter un mot, lui claque la porte
au nez.

Lalou, rouge de colère, et en attendant qu'il puisse laver
un tel affront dans le sang de celui qui vient de le lui faire
subir, ne trouve rien de pis à faire que d'aller pendant la
messe aviver le feu de son ressentiment à l'*Arbre vert*,
petit cabaret près de l'église, en face de la maison de ville.

Là, il consomme une foule de petits verres, selon qu'il en
a l'habitude quand il veut se raffermir la main pour tenir
soit un pinceau, soit un fleuret.

La messe dite, les assistants sortent. L'organiste descend.
A la dernière marche, Perlin est salué et complimenté par
Manuel Baillet, qui l'engage à prendre un verre de bière à
l'*Arbre vert*.

Perlin accepte. Ils sont bientôt entrés.

Manuel Baillet est un énorme charpentier, sachant assez
bien son état, et en tirant tout le parti et la gloriole possible.

Il faut le voir à l'œuvre, alors que le génie militaire le
charge de renouveler un tablier ou une bascule de pont.

Les bras nus, une ceinture de cuir soutient à la fois son
tablier de veau tanné, son abdomen et sa corne.

Cette corne contient un enduit graisseux et joue un grand
rôle dans l'existence dudit charpentier, car, pendant qu'il la
visite et y plonge le bout de son tarel, il peut respirer, et
certes ce n'est pas sans besoin.

Pour le peu de mouvement qu'il se donne, Manuel est en
nage. Aussi abuse-t-il de cette corne, et la visite-t-il fréquemment.

Dans les temps de grande besogne, ladite corne est remplie cinq à six fois par jour, et vidée autant de fois.

Manuel se sert d'un outil dangereux, nommé hoyau, avec
une rare dextérité. Pour un pot de bierre, il fend en deux
épaisseurs égales, d'un coup de cet instrument, une pièce
de deux sous de la république, qu'il tient sous la pointe du
pied gauche.

Peu de chose le met en émoi. Il braille et va tout abattre;
l'ouvrage avance lentement.

Du reste, bon vivant, honnête homme, allant à la messe
et aux vêpres tous les dimanches, se plaçant invariablement
en avant de la chaire, et chantant, comme s'il était au lutrin, tous les psaumes et offices du jour, avec cette différence que sa voix précède celle des chantres du chœur; et
ce, il le fait exprès pour faire admirer et la richesse de sa
mémoire et sa science profonde des chants liturgiques.

Entre temps, il ouvre une petite tabatière ronde, en bois
de buis, et offre la poudre de Nicot à ses voisins, lesquels
éternuent sans réserve avec lui de toute la puissance de leurs
poumons.

Voilà à peu près l'homme qui accompagne Perlin à l'*Arbre
vert*.

A peine Lalou a-t-il aperçu celui qui lui a fait l'avanie
dont il s'est promis de tirer vengeance, qu'il l'aborde, le toise
d'un regard aussi méprisant que dédaigneux, et lui dit : — Il
n'appartient qu'à un va-nu-pieds comme vous de se comporter à l'égard d'un artiste de ma sorte, comme vous l'avez fait
tout à l'heure.

Perlin se retourne vers Manuel, en répondant à cette vio-
lente boutade :

— Je méprise les hommes grossiers et insolents de l'espèce
de cet inconnu.

— Inconnu, as-tu dit? reprend Lalou. Ah ! je suis un inconnu ! Tu n'es pas un inconnu pour moi, toi, caffard, hy-
pocrite. Tu m'as fait tort de cette place d'organiste, en allant
avant le concours mendier, à la porte de ceux que tu as trom-
pés, un suffrage que je n'aurais voulu, moi, que par la supériorité du talent ; et le jour du concours, au lieu d'aborder
la musique savante, tu n'as seriné que de vieilles rengaines
et des noëls surannés à tes ganaches d'auditeurs. Ils se sont
reconnus en entendant ton pathos, canaille de routinier que
tu es ! Va donc, tu trouveras peut-être ici de vieilles buses
que tu pourras exploiter et de qui tu pourras extorquer une
centaine d'écus pour toi avoir des souliers, comme tu as fait
à Landre...

Lalou n'eut pas le temps d'achever, car la dernière syllabe
rentra sous le vigoureux soufflet qu'il reçut de Perlin.

Les muscles temporaux et les nerfs olfactifs de la figure
vibrèrent un instant sur la cavité de son crâne ébranlé.
Les couleurs de l'arc-en-ciel resplendirent à ses yeux de
feux extraordinaires, et ne pouvant maintenir son équilibre,
il roula malgré lui, cherchant sa remise entre les tabourets,
les tables, pots, pintes, verres et leur contenu, au grand
scandale des inoffensifs buveurs, propriétaires desdits.

Il se releva néanmoins et chercha son mouchoir pour s'essuyer.

— Tu m'as frappé, dit-il à Perlin ; maintenant, s'il te
reste quelque chose comme de l'honneur, tu vas t'aligner
avec moi sur le terrain et vivement ; la joue me brûle.

Perlin, après avoir administré le soufflet dont lui parlait
Lalou, avait pris sa choppe et l'avait choquée contre celle de
Manuel sans manifester la moindre émotion. C'est qu'en
effet, nous l'avons dit, Perlin était un peu coutumier du fait
à l'endroit de ses enfants et de ses élèves.

Manuel avait répondu : — Bien touché, Perlin, bien touché.

Mais à cette provocation de Lalou, Perlin se retournant
du côté d'où elle venait :

— Si je ne me trompe, monsieur, ce que vous me propo-
sez est un duel?

— Oui, un duel, et un duel à mort ; entends-tu?

— J'entends très-bien ; mais je ne me bats pas en duel.

— Tu ne te bats pas en duel?... Tu refuses?... Tu es donc
un lâche?

— Il m'importe peu, monsieur, de passer pour un lâche
à vos yeux. Je ne vous connais pas et vous estime encore
moins. Ma religion me défend le duel et ne permet pas de
disposer de ma vie.

— Ah !... je te forcerai bien à te battre : vile canaille, tu
m'as frappé.

— Je vous ai frappé, parce que vous m'avez insulté gravement, et que cette offense publique méritait une correc-
tion. Du reste, je ne vous en veux pas et désire encore
moins votre mort.

— Tu te battras, double lâche, tu te battras, te dis-je.

— Je serais doublement lâche, en effet, si je me battais,
si j'allais exposer l'avenir de ma famille, dont je suis, après
Dieu, l'unique providence.

Supposez donc que je sois triplement lâche, c'est-à-dire
assez pour accepter votre défi et oublier mes devoirs, mes affections et mes principes; vous chargerez-vous de ma femme
et de mes six enfants si je viens à succomber?

En serez-vous plus heureux si vous me tuez? Ah! parce
que vous êtes un spadassin, vous avez pensé qu'il n'y avait
qu'à m'insulter pour me saigner et vous débarrasser de moi?
de moi qui ne connais pas ces instruments-là ! Ne serait-ce
pas un assassinat?...

Je vous le répète donc, je ne me baisse pas pour ramasser
votre gant. Je ne veux pas avoir dans ma vie à me reprocher la mort d'un de mes semblables; ma religion me défend
d'exposer ma vie sans nécessité. Si cette vie était utile à mon
pays, je la lui donnerais avec bonheur ; je l'ai exposée une
fois pour sauver un jeune homme qui se noyait. Ce souvenir m'est agréable et me met au-dessus de vos injures.

Je vous renvoie donc l'épithète de lâche pour vous et pour
ceux qui font si bon marché de leur vie, de leurs affections,
de leurs devoirs de famille. Vous avez été châtié comme un
insolent méritait de l'être, souvenez-vous-en et ne m'irritez
pas plus longtemps, ou gare au juge de paix. Ce disant,
Perlin désignait un manche à balai.

— Sans doute, dit Decarpentries, c'est bien parlé. Que
cet homme paie son compte et aille brailler ailleurs, si ça
lui convient. Decarpentries, qui était une espèce d'Hercule,
s'empara de Lalou et lui donna un pas de conduite jusqu'à
la porte.

Bernier était déjà là avec deux fleurets démouchetés; il
exigea le paiement de Lalou pour ce dommage et le força à
s'exécuter immédiatement.

Bernier était un canonnier, maître d'escrime, nouvellement
libéré du service, et à qui Lalou avait demandé des fleurets
démouchetés.

Depuis lors, on ne revit Lalou à Bouchain que bien rarement, de plus en plus pauvre et jouant du violon comme fait
aujourd'hui Cartigny d'Avesnes-le-Sec; seulement cette différence entre les deux artistes est un peu en faveur de Cartigny; car celui-ci chante des strophes en latin emmusicaillé;
plus le couplet de la boisson, à ceux qui désirent l'entendre.

Et dire qu'il appelle ça les grâces !
C'est comme çà.

CHAPITRE XXIX.

Comment trouvez-vous ces pigeons-là?. .

Napoléon Iᵉʳ à ses grognards. Bivouac.

La conduite de Perlin et sa profession de foi à l'endroit du duel lui valurent de nombreuses sympathies. Il s'acquit des droits à une considération méritée.

Cette affaire fit beaucoup de bruit à Bouchain et le mit en honneur dans la bonne société.

En attendant son fusil, Constant continuait ses espiégleries. Rencontrait-il un gamin allant à l'école, il l'amusait entre deux villes : — Tu... tu n' saurais pas sau... sau... sauter cette borne-là. Et le gamin lui confiait sa cassette pour lui prouver le contraire ; Constant le louait fort et lui remettait la cassette, moins les pommes, les noix et autres comestibles qui s'y trouvaient.

C'était une demoiselle de dix à douze ans, s'en allant à sa pension avec une énorme tartine de confiture ou marmelade de fruits à la main; Constant courait sus, tournant la tête en arrière; la demoiselle tombait, lâchait la tartine et ne la retrouvait jamais en se relevant ; et mille autres roueries de ce genre.

Charlot avait confié à Constant qu'il élevait des pigeons chez sa tante Rosalie et lui avait montré quatre œufs en couvée. Quand ils furent éclos, Constant leur rendit de secrètes visites.

Ma tante sera bien aise, disait Charlot, quand ces pigeons seront assez gros, je les lui donnerai pour les manger à la crapaudine, elle en rafolle. — Bon, se dit Constant, prends garde qu'elle en attrappe une indigestion.

C'était un samedi que Charlot devait offrir ses jeunes pigeons à sa tante.

Que fait Constant ? Il prépare dès la veille un fort pieu en bois, prend les clefs du clocher où son père a coutume de les accrocher, monte à la tour jusqu'aux auvents, détache la corde de la roue d'une cloche dite l'*angélus*, la laisse glisser dans les goulottes, la ramasse, la roule autour de lui sous sa blouse, monte sur le rempart, se dirige vers le bastion qui regarde Marquette, déroule cette corde, y fait des nœuds de distance en distance, attache une extrémité de cette corde au pieu qu'il a préparé et qu'il fiche en terre à grands coups de pierre, sur le parapet à gauche en entrant, et laisse pendre l'autre extrémité de la corde au dehors du revêtement de la muraille.

Constant sait fort bien qu'il y a des nids d'oiseaux étranges dans ce repli que fait sur lui-même le bastion à l'extérieur. Il descend un peu à l'aide des nœuds de sa corde et arrive suspendu à dix mètres du sol, vis-à-vis une ouverture qu'il a remarquée. Il y plonge la main quatre fois et chaque fois qu'il la retire il dépose quelque chose dans son mouchoir, dont il retient les quatre coins avec les dents. Il descend ensuite jusqu'au dernier nœud et s'y suspend, mais il a encore au moins dix pieds pour arriver à terre, il est impossible que Constant puisse remonter par où il est descendu ; il n'hésite pas et se laisse tomber très-heureusement sur l'herbe ; le sol est spongieux, il ne se fait aucun mal.

Il regagne le rempart après un long détour, rappelle la corde, la détache du pieu et va la replacer à la roue d'où il l'a détachée, reporte les clefs ; ni vu ni connu.

Il dissimule autant qu'il le peut, sous sa blouse, le paquet qu'il tient d'une main. Charlot n'est pas chez lui, Constant lui a donné rendez-vous au petit bois.

Constant a ses coudées franches chez son ami. Pendant que la tante Rosalie est descendue s'approvisionner de charbon à la cave, il grimpe aux manoques abritées sous une abattue, en retire les quatre jeunes pigeons, bien gras, bien dodus,

et remet à leur place quatre oiseaux d'une espèce différente.

Il a terminé la substitution avant que la tante Rosalie ne soit remontée, il trépigne d'impatience. La tante reparaît, il ne peut rester plus longtemps ; il va, dit-il, à la recherche de Charlot.

Il remet à son père les quatre pigeons qu'il a dénichés, raconte-t-il, dans les plats fossés, et va retrouver Charlot qui pêche à l'écluse du petit bois.

Charlot lui parle encore de ses pigeons et de la surprise présumée de sa tante, il en jouit d'avance.

— Il me semble que je la vois ! Il faut qu'elle m'achète un gilet jaune du coup, dit Charlot.

— Prends garde de l' tacher, pense Constant.

Le lendemain soir, samedi, Charlot monte à ses manoques, et en tâtonnant prend et dépose un à un, dans un joli petit panier à couvercle, quatre oiseaux. Tant le cœur lui bat, il ne lui vient pas le moindre soupçon sur ses pigeons, seulement il fait mentalement cette observation : *Diable, je n' croyons pas qui zétotent si maigres éq' cha. J'aros ben fé d' les laisser incore huit jours... C'est égal, je n' les ermettrai pas.*

— Ma tante Rosalie, permettez-moi d' vous faire un petit cadeau. J' sais que vous aimez les pigeons, en v'la eq j'ai élevés pour vous. M'acheterez-vous mon gilet jaune ?

— Fais donc voir, Charlot, tes pigeons. Combien y en a-t-il ?

— Quatre, ma tante.

— C'est une surprise comme il ne t'arrive pas souvent de m'en faire, mon neveu, je t'en remercie. Nous penserons au gilet jaune.

La tante lève le couvercle, elle aperçoit, à la chandelle, huit yeux brillants, fixés dans des espèces de crânes plats et velus.

La frayeur la saisit, elle laisse tomber le panier en disant : Malheureux ! qu'est-ce que tu apportes là, dans ma maison ?

Charlot ramasse le panier, regarde à son tour, c'était : Quatre jeunes chats-huants.

Charlot n'a jamais rien dit de cette affaire, pas même à Constant, sur qui il s'est exercé à prendre plus d'une revanche, comme on le verra par la suite.

Ses amis intimes seuls ont su, longtemps après, les détails de cette aventure.

A mesure que Constant avance en âge, son goût pour la vie aventureuse se trahit davantage.

Il sait la piste du gibier, épie ses remises, étudie ses habitudes, tend des pièges aux oiseaux, des lignes dormantes aux poissons et prend force grives, anguilles et brochets.

Son père lui donne enfin un fusil à un coup et une pièce de six francs pour acheter ses munitions et l'attirail indispensable aux chasseurs.

Rien ne manque plus au bonheur de Constant.—Mon mon père, vous vous vous mangerez du lièvre di di dimanche pro prochain.—Bien, Constant, j'y compte ; ne reviens pas sans, surtout.

— N'ai n'ai n'ai n'ayez pas peur, mon père.

CHAPITRE XXX.

Elle a teint de lys et peau de satin.

Vieille chanson.

Le temps s'écoule, Perlin élève et maintient les membres de sa famille dans d'honnêtes conditions. Son intérieur est régi avec une sage et prévoyante économie. Tous les enfants travaillent et aident à la provision générale de la communauté.

Furcy s'est habitué au régime des calottes, et commence à jouer quelques airs de mémoire.

Son père a obtenu récemment pour lui une place d'instituteur à Wavrechain-sous-Faux, près Bouchain.

Furcy s'y installe et y transporte une épinette pour étudier le clavier à ses loisirs.

Décossine a dix-huit ans. Ce n'est pas une beauté, tant s'en faut ; mais elle a de belles formes, une taille bien prise, un teint pâle mais du lys le plus pur, un cou blanc comme le marbre, veiné de filets bleus, et, avec cela, des cils longs, un duvet prononcé sur la lèvre supérieure, des cheveux abondants, admirables, le tout d'un noir pareil à la robe soyeuse de la fouine. Ses yeux pourraient être plus grands, si elle n'affectait, par une espèce de coquetterie naturelle, de les tenir presque toujours à demi fermés.

Un jeune commandant en garnison alors à Bouchain en fut épris.

Il écrivit une lettre respectueuse, à laquelle Décossine ne répondit pas.

Il en écrivit une seconde plus passionnée, il n'obtint rien de plus.

Il aborda le style dramatique et n'arriva qu'à décider Décossine à prendre une sage et prudente résolution. Non que le commandant lui déplût, loin de là ; mais elle était assez raisonnable pour mesurer la disproportion qui existait entre elle et un homme si haut gradé.

Décossine possédait l'art de savoir s'habiller et portait un chiffon avec un goût qui en triplait la valeur. Sa mise était presque recherchée, bien qu'elle n'eût que des effets très-ordinaires. Elle avait des mains à désespérer un peintre ; mais tous ces avantages ne changeaient en rien sa condition de pauvre fille.

Elle alla trouver son père au jardin et lui dit tout. Perlin comprit et ne répondit rien à sa fille. Il finit d'arroser ses fleurs et rentra en ville avec elle.

Une demi-heure après, il était chez le commandant. Celui-ci ne s'attendait pas à cette visite, et fut tout interdit à la vue de Perlin. Il ne laissa pas cependant que de lui offrir un fauteuil et lui demanda la raison qui lui procurait l'honneur de le recevoir.

— Monsieur, lui dit Perlin, je viens causer un instant avec vous. (Silence.) Je m'adresse à un militaire français, c'est assez dire à un homme jaloux de son honneur.

Le commandant s'incline d'un air d'assentiment.

— Jeune encore, monsieur, votre grade dit votre mérite. Vous avez dû vous distinguer par d'éminentes qualités. Vous débutez dans la vie en entrant dans le chemin des honneurs ; vous atteindrez assurément aux plus hautes dignités.

— Où diable veut-il en venir ? pensait le commandant.

— Je suis un pauvre artiste de province. J'ai élevé ma famille le moins mal possible, j'ai été terriblement éprouvé et vu la misère de très-près. Au milieu du plus affreux dénûment j'ai conservé mon honneur.

Le commandant s'incline de nouveau.

— Saperlotte! pensa-t-il, voici un exorde un peu long.

— Plein de confiance dans cet honneur qui vous est si cher et dont vous portez le signe sur votre poitrine, je suis venu vers vous, monsieur, faire appel à vos sentiments généreux.

— Croyez, monsieur, que je ne saurais mieux être disposé à vous obliger, pour ce qui est en mon pouvoir; veuillez vous expliquer, s'il vous plait?

Monsieur, ma fille m'a dit ce matin que vous l'aviez distinguée et qu'elle était l'objet de vos poursuites. Vous avez trouvé moyen de lui faire tenir quelques lettres, et ce, dans quel dessein, monsieur, je vous prie? Ma fille ne peut devenir la maîtresse de personne, monsieur. Je préférerais la voir mourir ; et, d'un autre côté, vous ne pouvez songer à épouser une pauvre fille comme la mienne et briser ainsi votre avenir.

Je viens donc vous supplier, monsieur, au nom de votre mère et de tout ce que vous respectez, de ne pas attenter davantage à la paix du cœur d'une jeune fille qui ne peut être à vous, et à nous laisser vivre en paix dans notre médiocrité.

Le commandant s'attendait peu à cette sortie, aussi fut-il longtemps sans répondre.

Enfin, il fit un tableau de la violence de la passion qu'il avait conçue pour l'aimable Décossine.

Il n'avait pu la voir sans l'aimer ; il ne demandait qu'à être autorisé à lui rendre ses soins, et s'il était assez heureux pour être aimé un jour, il déposerait à ses pieds sa fortune, son cœur et sa main.

— Je sais, continua-t-il, combien ce sera difficile, mais je quitterai plutôt le régiment que de renoncer à mademoiselle Décossine.

— Vous parlez comme un enfant. Je ne serai pas complice d'une telle sottise.

— Monsieur, je parle très-sérieusement.

— Que vous parliez sérieusement ou non, je connais mes devoirs.

— Vous saurez, monsieur, que c'est une idée bien arrêtée.

— Si ma prière ne vous émeut pas, je saurai bien soustraire à vos regards et à vos poursuites l'objet de votre déraisonnable convoitise. Adieu, monsieur, je me suis malheureusement trompé en venant vers vous, mais il n'en sera que comme je le veux.

— J'aime votre fille, monsieur, et la désire pour femme. Aucun sacrifice ne me coûtera pour arriver à ce bonheur. Dites un mot, je donne à l'instant ma démission. J'ai assez de fortune pour deux.

— Monsieur, faites-vous traiter, je vous le conseille; votre langage est celui d'un insensé. Je ne consentirai jamais à devenir la cause du malheur de votre vie. Ainsi donc, monsieur, plus de tentatives pour arriver à ma fille, ou je l'éloigne jusqu'à votre départ.

Prières, larmes, protestations, tout fut inutile. Perlin se retira en haussant les épaules.

Trois mois après, le commandant avait donné sa démission, se trouvait employé aux tailles, épousait Décossine et l'emmenait à Bologne, son pays.

CHAPITRE XXXI.

. . . .
Et fait si bien qu'il déracine
Celui de qui la tête au ciel était voisine
Et dont les pieds touchaient à l'empire des morts.

LAFONTAINE, *Fables choisies.*

Napoléon Ier venait de faire lever le camp de Boulogne pour porter ses troupes vers le Rhin, à l'occasion de la déclaration de guerre de l'Autriche. Quelques régiments vinrent à passer par Bouchain. Là, comme partout, alors qu'on entend les tambours, la musique, et que les coups de grosse caisse vous font bondir, chacun de sortir de sa case et de courir, avide d'entendre, de voir et admirer la haie de sapeurs aux longues barbes, aux tabliers de peaux blanchis, aux haches luisantes martialement reposées sur l'épaule, aux bonnets à poils pyramidaux que dépassent encore le colback, la flamme et le plumet du tambour-major venant après les sapeurs et marchant en avant des tambours et de la musique.

Constant n'avait pas été des derniers à se ruer en avant du régiment, il marchait côte à côte du serpent, instrument dont la forme l'intriguait fort.

Il évita les atteintes des coulisses des trombonnes basses, lesquelles, au moyen de manches d'étrilles, s'allongeant et se raccourcissant démesurément selon l'exigence de la note musicale à articuler, renversèrent bon nombre de gamins, en fouillant dans leurs jambes.

La musique du régiment ayant terminé son pas redoublé d'entrée, le tambour-major fit une évolution rapide avec sa canne et indiqua aux tambours la reprise de la marche suspendue par la musique jusqu'à la halte, qui eut lieu presque aussitôt. Il faut ici faire savoir au lecteur pourquoi les tambours ne battaient plus. La troupe ne pouvait marcher plus longtemps sans dépasser la place d'armes, laquelle place est la première rue à gauche en entrant dans la ville.

Cette place peu spacieuse est cependant en rapport avec la localité (on n'y faisait pas alors curer le linge). Elle peut contenir environ deux mille hommes sous les armes.

Or, les troupes étant massées et rangées en bataille, pendant que se faisaient l'appel et la distribution des billets de logement, le tambour-major se mit à lancer à sa manière quelques lapins dont la batterie incorrecte lui avait froissé le tympan.

Constant, s'étant approché par trop indiscrètement pour entendre le discours du tambour-major, en fut repris.

— Au large, toi, aïe, clampin. Ce disant, le géant lui avait relevé rudement le nez de la pointe de sa canne.

Constant y ayant porté la main l'avait retirée empreinte de sang, et au moment où le Goliath était tourné de l'autre côté, lui avait fait du poing et de la tête un geste menaçant, disant bien bas :

— Ah ! grand cassé ! tu tu tu verras, au au au soir.

Constant sé retire et va se laver au puits, près de la tour d'Ostrevent, méditant des projets de vengeance envers le Titan. Enfin il s'arrête à une idée. Il lui faut une corde. Bah ! celle du plus petit *din-din* fera l'affaire.

Le petit *din-din* est la plus petite cloche qu'on puisse faire balancer à la corde, dans le clocher de Bouchain. Cette cloche ne sert guères que pour le carillon.

Nous avons vu comment Constant détache les cordes des roues des cloches, et s'en sert au besoin. Or, nous le laisserons monter seul au clocher cette fois-ci, persuadé qu'il n'éprouvera aucune résistance, aucun obstacle sérieux.

Le soir venu, et avant d'éclairer les rues, Constant se baissa vis-à-vis la maison de madame Santé, *l'avant-dernière à droite en sortant de la ville haute vers la ville basse*, et attacha à la grille d'un soupirail de cave l'extrémité de sa corde, traversa la rue tout en laissant traîner cette corde et fit passer l'autre extrémité sous un barreau de soupirail de cave de la maison d'en face (*maison d'un autre Arbre vert, tenue par Catherine Gaudré*), fit longer cette corde sur la base de la muraille de ce côté, toujours en la laissant traîner jusqu'à la voûte qui couvre la montée des remparts. Il resta là en sentinelle, jusqu'au moment où la retraite militaire devait être battue.

Huit heures sonnent. L'unique réverbère de la grande rue, placé à la hauteur de l'Hôtel-de-Ville, est allumé, ce qui produit au loin, et à cet endroit principalement, une lumière plus que douteuse.

Un roulement formidable se fait entendre sur la place et dure près d'une minute.

La retraite s'annonce, vite d'abord, puis lentement en se mettant en marche.

Le major s'avance majestueusement au front de vingt-huit tambours, sur trois files. La rue est remplie dans toute sa largeur.

Le colosse se carre et ne permet à aucun gamin d'arriver à sa ligne. La foule le suit. Il porte sa canne par le travers et horizontalement à hauteur du coude, la tenant des deux mains, la pomme à droite.

Il avance doucement, la tête levée, se dandinant et touchant presque le premier rang de tambours. Les vitres tremblent, les maisons sont ébranlées sur leurs fondements.

Le vent augmente encore le tintamarre. Le major va arriver à l'endroit où Constant a disposé l'appareil de sa vengeance pour l'insulte faite à son nez.

Il est temps, encore deux enjambées.

Constant tire la corde qu'il tient toujours en main et la raidit de toutes ses forces à environ un pied du sol. Patatra !... Le géant tombe comme une caisse d'horloge en piquant une tête sur le pavé ; sa canne porte sur la pomme et se décalotte. Le colback s'est fourvoyé sous la voûte ; une bouffée de vent le fait rouler jusqu'au pont-levis ; là, il est pris en flanc par un vent croisé plus violent, et précipité dans le canal de l'Escaut. La vanne est presque à fleur d'eau. Le flot et le courant aident le colback à franchir cette impuissante barrière.

Laissons un instant l'oursin du gouvernement voguer vers Neuville, puisse-t-il avoir une heureuse traversée ! et retournons sur le théâtre de l'incident. Des vingt-huit tambours, vingt-six ont mesuré la terre. Il en est résulté des meurtrissures, beaucoup de fûts ont reçu d'atroces renfoncements, bon nombre de schakos ont roulé dans le ruisseau fangeux, qu'on a supprimé depuis ; et si la grille de l'égout eut été ouverte, le gueulard en eût englouti plusieurs.

Le tambour-major fut recueilli et pansé chez un sieur Auguste Agache, boucher voisin.

Les tambours regagnèrent leurs logements clopin clopant. La reprise ou continuation de la retraite fut confiée par le lieutenant de place aux deux tambours assez heureux pour avoir gardé leur séant. Une enquête fut faite immédiatement. On découvrit une corde attachée à un barreau de soupirail ; on la continua jusqu'à l'autre en face, de là on longea le rang des maisons jusqu'au rempart, où la corde finissait.

Mais là, plus personne. Constant, une fois la masse militaire à terre, avait prudemment joué des jambes en montant quatre à quatre l'escalier du rempart, était descendu par le toit de chez Bernier, donnant dans une cour ouverte près de chez lui, était rentré sans bruit, avait grimpé au grenier et s'était couché tout habillé.

Un moment après, Charlot accourait.

— Constant est-il ici ?

— Je ne sais pas, mon ami, dit mademoiselle Agnès ; il rentre parfois le soir, nous ne l'entendons pas toujours, et il se couche comme ça sans rien dire.

— Constant ! Constant ! crie Charlot dans les escaliers.

— Qu'est-ce que... que... que... tu m' veux ? J' dors ; j' suis couché.

— Fameux va ! Te n' sais pas ?

— Quoi ?

— Lève-toi, j' te l' dirai.

— Pou... pou... pourquoi veux-tu que... que... que... je m' lève ?

— Lève-toi toujours ; t'a jamais vu eune affaire pareille.

— Qu'est-ce qu'il y a donc, mon ami ? demanda mademoiselle Agnès.

— Al... at... at... attends-moi, je... je... je... je m' lève, répond Constant.

— Il y a que toute la retraite et l' tambour-major en tête sont culbutés dein l' ruisseau, vis-à-vis chez M. Magnus. Viensvire.

Ils courent tous deux. Constant est sauvé ; aucun soupçon ne peut plus l'atteindre.

Le régiment quitta Bouchain le lendemain à quatre heures du matin, excepté le tambour-major, lequel ne partit que vers dix heures. Il avait en vain fait chercher et rechercher son colback dans le bassin. On s'était aventuré à pousser les perquisitions selon la direction du faible courant, et on avait repêché ledit colback vers la Fosse-Adam, où il s'était engagé dans les branches d'un saule à fleur d'eau.

CHAPITRE XXXII.

Arrêtons-nous ici... L'aspect de ces montagnes
D'ivresse et de plaisir a fait battre mon cœur.

Opéra du Châlet.

Il y a quelque temps que nous n'avons parlé de Furcy, et nous ne pouvons, sans intervertir l'ordre des faits, passer sous silence ceux qui le concernent. Nous en narrerons les principaux succinctement.

Furcy obtint, après quelque temps de stage à Wavrechain, l'autorisation de remplacer son père comme instituteur primaire, ou, si l'on aime mieux, comme maître d'école de la classe indigente, et de faire simultanément l'école des enfants de la bourgeoisie.

Furcy était un beau jeune homme, toujours proprement mis et j'oserais dire avec une certaine recherche. Il eut quelques répétitions en ville et fut payé à raison d'un écu de six francs par dimanche, pour aller toucher l'orgue à Lieu-Saint-Amand, petit village sur une colline, à l'est et à deux kilomètres de Bouchain. Cette petite commune avait acheté l'orgue provenant du couvent des religieuses de Bouchain pour très-peu de chose ; et après la tourmente révolutionnaire avait fait remonter cet instrument dans son église pour rehausser les solemnités de ses pieuses cérémonies.

Lieu-Saint-Amand était très-agréable alors ; au lieu de l'espèce de poulailler qui lui sert de clocher aujourd'hui, il y avait en même lieu et place un magnifique clocher en pierre blanche avec pyramide à jour et sculptée, dans le style de celui d'Avesnes-le-Sec, et regardant le magnifique et à jamais regretté clocher métropolitain de Cambrai. Ce beau clocher de Lieu-Saint-Amand, dont nous parlons, a été renversé par la foudre en 1807. A sa base se trouvait la fontaine du saint

Amand même, disait la légende, s'était rafraîchi, et la cellule où il aimait à venir méditer, quand il pouvait se dérober aux fatigantes et lourdes occupations de sa charge monacale et abbatiale, dont le siége se trouvait à environ cinq lieues de là.

On sait que la tour de l'abbaye de Saint-Amand, le plus beau monument du Nord, existe encore et fait l'admiration des touristes, cosmopolites et amateurs de toutes les nations.

Au milieu des marais de Lieu-Saint-Amand se trouvait encore une autre fontaine, non moins riche par la transparence et la pureté de son eau que par le monument dont elle était couronnée. Quatre arches étaient ménagées dans le piédestal du monument et permettaient l'accès des eaux de seconde chute pour abreuver les animaux de pacage; tandis que les premières eaux leur étaient inaccessibles et réservées pour l'usage alimentaire des habitants.

Le piédestal portait la statue de saint Amand, un livre à la main gauche, de l'autre une crosse d'abbé, et, sur le même avant-bras droit, un petit monastère quadrangulaire.

Ce monument, en pierre blanche indigène, était entouré d'une ceinture de peupliers, aux allées bien gazonnées et formant une très-jolie rotonde.

Furcy était soigneux, économe et rangé; il avait toujours un répertoire d'anecdotes intéressantes à raconter et se rendait agréable à la société qu'il recherchait au-dessus de sa condition. Il chassait aussi le gibier, moins cependant que Constant; mais c'était une occasion pour lui de se rapprocher d'autres chasseurs et d'entrer en connaissance avec de bons et honorables fermiers qui finissaient par s'attacher à lui et se faisaient un besoin de sa société.

C'est à ce point que Furcy avait ses entrées franches à la cense de Boucheneuil et y avait son couvert mis régulièrement tous les dimanches.

Tout en donnant ses répétitions en ville, Furcy avait remarqué une jeune lingère, grosse, fraîche, bien rebondie. Cette fille avait la réputation de bien savoir travailler, de gagner beaucoup d'argent, et d'avoir par devers elle quelques économies.

Furcy lui fit sa cour, fut assez bien accueilli et l'épousa au bout de trois mois de connaissance.

C'était un peu trop tôt. Il paraît que Furcy n'eut pas à se féliciter de cette union contractée à la hâte.

Sa femme changea tout à fait après son mariage. Elle se négligea et devint malpropre, non-seulement sur elle, mais encore dans son intérieur, ne rangeant, n'entretenant rien, laissant traîner et dépérir linge, meubles, vaisselle; embarrassant les appartements, chargeant les chaises, les tablettes des croisées, des cheminées, les meubles, d'objets de toutes espèces de choses sales; laissant pêle-mêle dans les tiroirs ou garde-robes, auprès du chapeau ou d'un gilet de son mari, des mouchettes, un peigne, du pain, une bouteille à l'huile, du beurre, du fromage, des chemises, de la mine de plomb, des musiques, du sel, un encrier, du sable, des souliers, des bonnets à dentelles, des liards, des bas, des pots de confitures, une attrape à souris, de la mélasse, des biscuits, du tabac, des bouts de chandelles...

Je m'arrête; je n'ai pas le courage de tout analyser.

De tous les fléaux qui peuvent entraver le bonheur d'un homme ami de l'ordre, je n'en connais pas un de plus affreux que la saleté que lui révèle une femme à qui il supposait les vertus contraires.

Ce n'était pas tout.

Cette femme aimait à commérer, à bavarder au voisinage, laissait la soupe s'attacher à la marmite, et ne préparait rien ni en temps ni convenablement. Présentait-elle quelque chose à manger à son mari, elle le lui servait sans précaution et au milieu des embarras de toute espèce dont la table était encombrée. Aussi Furcy se trompait-il parfois d'objet, et, au lieu de prendre son pain, mettait-il la main sur un soulier sale, piquait sa fourchette dans une assiette pleine de cirage, ou employait l'écumoire pour son couteau.

Il ne savait où reposer son pain, les agrafes, boutons, épingles et aiguilles traînaient et envahissaient sol, table, chaises, etc., etc...

L'harmonie ne pouvait durer longtemps entre personnes de goûts si opposés. Furcy fit des remontrances douces d'abord; elles furent mal reçues.

— Est-ce que tu penses que je n'ai que ça à faire? Ne fallait-il pas être la servante de monsieur du matin au soir? Lui se promener et faire son beau, sa femme faire tout l'ouvrage et préparer à monsieur des mets recherchés? Si j'avais su me rendre ainsi esclave en me mariant, je serais restée comme j'étais. Je suis bien malheureuse!

Allait-on se coucher, les lits n'étaient pas faits; les pots!... Ne touchons pas à cela!

Presque toujours dehors de chez lui, sinon aux heures de repas, Furcy ne prit pas garde à la liberté dont jouissait sa femme.

Assistée de commères, elle fit du café, prit goût à l'eau-de-vie et finit par s'étourdir fréquemment. Les premières fois que Furcy trouva sa femme dans cet état, il en fut alarmé et la crut malade. Il lui fit donner tous les secours imaginables; mais alors qu'il découvrit la vérité, il en fut navré et prit son parti; c'est-à-dire qu'il prit ses effets et ce qui lui était indispensable, ne mit pas sa femme à la porte, mais ne reparut plus au domicile conjugal. Il loua une chambre, et déclara à la lingère qu'il lui laissait tout le mobilier et ne voulait plus vivre avec elle.

Ursule but alors pour se consoler; elle s'en donna des charges, absorba des doses à faire reculer de dégoût; elle fit plusieurs chutes et finit par perdre un œil. Elle expliquait à sa manière la cause de ce malheur : c'était le résultat des coups et mauvais traitements auxquels elle avait été en butte avec son mari avant leur séparation.

Furcy vécut alors en garçon. Il n'avait pas eu d'enfants. Il se mit à fricotter lui-même son déjeuner et son souper. Il avait trop de connaissances pour se mettre en pension, et dînait en ville quinze à vingt fois par mois.

Ici, il donnait des perdreaux, là un lièvre. Il envoyait un quarteron d'œufs obtenus de la servilité d'un élève de village, de beaux fruits apportés par un autre enfant jaloux de sa faveur ou par lui confisqués sur les élèves pris en flagrant délit d'importation en classe de primeurs ou douceurs prohibées, telles que fruits de choix, avariés, carottes, navets, féveroles et pois sautés, noisettes, noix, glands de hêtre, maïs, cras-moulons, etc., etc.

Et ce, nonobstant l'irrésistible exemple qu'il leur prêchait, peut-être par nécessité.

Nous a-t-il parfois fait mal au cœur, ce chrétien-là!

Figurez-vous un maître d'école fricottant, préparant et absorbant avec volupté les piques-niques solos apprêtés avec cet indicible raffinement de friandise qu'il connaissait en tacticien émérite, et ce, par-devers une élite de gamins de l'appétit le mieux émoulu et d'autant d'indigents affamés. C'était le supplice de Tantale, renouvelé au dix-neuvième siècle.

Chaque mouvement du jeu dévergondé de ses mandibules avait un retentissement sympathique dans chacun de nos estomacs. C'était pour nous pire qu'une oasis, qu'un mirage dégustatif. J'en ai connu d'entre nous, dont le mouvement nerveux de la mâchoire imitait, à sec et à contre-temps, celui de la bouche de Furcy mâchant ses croûtes.

La lingère fit des histoires sur son mari, et fit ressortir sa brutalité. Elle avait souffert, on la crut. Elle était en outre quelque peu jalouse. Nous n'avons pas à examiner jusqu'à quel point elle pouvait se croire autorisée à avoir des soupçons.

Cela ne nous regarde pas; seulement nous dirons, en passant, ce que nous pensons à l'égard de certaines femmes, lesquelles, à l'instar d'Ursule, s'évertuent à souffler sur le flambeau de l'amour conjugal, et ne peuvent plus le rallumer une fois éteint.

Ursule mourut bientôt. Furcy la regretta peu, et chercha dans une nouvelle union les compensations qu'il desirait; mais quand on n'a pas de chance, de bonheur! .. Cette fois sa femme devint sourde comme un tambour. Elle n'en pouvait, sans doute. Cependant Furcy, ennuyé d'éternels quiproquos et se trouvant littéralement incompris de son intéressante moitié, fut assez peu généreux pour la planter là.

— — —

CHAPITRE XXXIII.

Je suis volé!....
Quelques marris d'être maris.

Pourquoi certaines femmes sont-elles complices des errements de leurs maris!

La question paraît bien délicate d'abord. Je vais la traiter avec réserve à mon point de vue.

Les femmes dont je parle (et heureusement elles sont assez rares), mariées de quelques jours, ne sont plus celles que vous avez aimées. Elles s'affranchissent de mille gênes qu'elles s'étaient imposées, dans l'intérêt de la conservation de leur conquête.

Elles déchirent ce voile épais sous lequel elles avaient dissimulé leurs défauts.

Elles ne prennent plus soin d'elles. L'amant les a vues fraîches, appétissantes, quelque peu coquettes : aujourd'hui, le mari les voit dans un débraillé complet.

Leurs cheveux sales et dérangés, leur peau et leurs mains maculées, leurs vêtements portés avec une coupable négligence, la mine fatiguée, les traits renfrognés, l'humeur et le ton souffreteux, au lieu de gais, vifs et enjoués qu'ils étaient.

Peu à peu elles se montrent malpropres et paresseuses; parfois d'autres défauts se révèlent; elles ne prennent aucun souci de les cacher à leurs maris.

Elles perdent cette pudeur et cette retenue qui faisaient leur charme, et au lieu de seconder leurs époux dans leurs travaux et de présider le département qui leur échoit en se mariant, elles affectent de se dire : S'il m'a épousée il doit me nourrir; je ne ferai que ce qui me plaira.

Elles sont mariées, c'est le plus fort. Elles se sont assez contraintes, elles redeviennent ce qu'elles étaient. Si les maris ne sont pas contents, c'est tout de même que s'ils l'étaient.

Voilà une faible esquisse des torts des femmes dont je parle.

De là, la complicité dont j'accuse ces mêmes femmes à l'occasion des fautes de leurs maris; car elles les ont forcés à faire des différences et des comparaisons qui n'étaient point à leur avantage à elles, et les ont conduits comme par la main jusqu'au bord du précipice. Heureux s'ils ont su l'éviter. Dans le cas contraire où s'arrêteront-ils?

Des utopistes ont rêvé l'émancipation de la femme. On s'est beaucoup occupé de la femme pour la surexciter, la gâter, fausser ses idées, en faire l'apôtre du mensonge ou du moins de la dissimulation; en un mot faire de la femme une excellente comédienne, disposés que nous sommes à siffler celle qui ne joue pas bien son rôle.

Peu de réformateurs ont paru, s'ils ont osé élever la voix, pour signaler les abus qui sont loin d'honorer le sexe qu'on appelle dérisoirement sexe faible. Aussitôt, la presse tout entière, par ses haros, a étouffé la voix de l'âne qui se permettait de trouver imparfait ce que les autres trouvaient bien. Pour ma part, je reste convaincu que la femme est au-dessous de la mission qu'elle peut accomplir dans la société, et que cela dépend tout à fait de la superficialité du système d'instruction et d'éducation suivi à son égard, je l'ai déjà dit au commencement de cet opuscule.

J'ai promis d'écrire l'histoire de la famille Perlin, et je me laisse souvent entraîner à des considérations étrangères à mon sujet.

Ces disgressions n'amusent guère ceux de mes lecteurs avides de voir se dérouler les incidents plus ou moins comiques de cette nouvelle.

Nous allons parler du troisième garçon, de Sosthène Perlin, une seule fois, et nous n'y reviendrons plus.

CHAPITRE XXXIV.

Voilà l'os de mes os et la chair de ma chair.

Adam (Genèse).

Sosthène Perlin fut assidu à se rendre en classe et profita des leçons de ses maîtres de manière à leur faire honneur.

Rien de plus irréprochable que sa conduite, son respect et son obéissance pour ses parents, la sobriété de ses habitudes, la modestie de ses goûts. Soigné autant que rangé,

sa bonne tenue le fit citer comme le modèle des autres jeunes gens de son âge.

Son père demanda pour lui un surnumérariat dans les bureaux des tailles ou fisc à Valenciennes.

Après trois ans de stage, c'est-à-dire vers vingt-cinq ans, Sosthène obtint une recette entre Douai et Cambrai, d'une importance qui tenait de la faveur et disait assez quel était le degré de confiance qu'il méritait.

Sosthène était seul et ne pouvait trop vivre sans société, sans avoir une femme pour diriger son intérieur et prendre les soins auxquels les devoirs de sa charge l'empêchaient de vaquer!

Il se ressouvint de la fille de son directeur.

Julienne, quoique un peu plus âgée que lui, l'avait remarqué entre les autres surnuméraires, et lui avait lancé de ses prunelles d'aigle plusieurs œillades incendiaires. Sosthène se présenta bien modestement et fut agréé par le père. Il fut autorisé à faire sa cour.

Il était blond, de belle taille, bien fait, un beau garçon, quoi. Il plut, fut aimé, débordé même par la demoiselle, laquelle avait les yeux rouges en son absence, et ne pouvait le voir se retirer le soir sans éprouver quelque chose qui touchait au désespoir.

L'amour de Sosthène était beaucoup plus calme. Était-ce la différence du climat sous lequel ces enfants étaient nés?

C'est possible, je ne le contesterai pas. Sosthène était originaire du Nord. Il avait été baptisé de l'eau de la Sambre. La jeune fille avait reçu le jour presqu'au pied des Pyrénées.

Son père avait été nommé, il y avait à peine six ans, à la direction qu'il occupait présentement. Il attendait sa retraite pour retourner avec sa famille dans son pays.

Julienne, sa fille aînée, était celle que Sosthène aimait d'un amour tranquille, nous l'avons dit. Mais Julienne aimait comme une Espagnole, et peut-être pis. Comme chez sa mère, le sang maure dominait le sang espagnol. Les cheveux crépus, la peau brune, le buste d'un galbe parfait, un vrai type andaloux. Quand Sosthène lui parla de l'espoir qu'il avait de l'obtenir pour femme, Julienne se mit à pleurer. Sosthène lui ayant demandé si sa recherche ne lui était pas agréable; elle le regarda d'un air de reproche si expressif, si vrai, que Sosthène lui demanda pardon et l'obtint à cette condition, qu'il presserait leur union par tous les moyens honnêtes en son pouvoir.

Sosthène le lui promit.

Le mariage eut lieu peu de temps après.

La noce se fit en famille; et Sosthène, au moins aussi heureux qu'il pouvait le désirer, ramena son épouse chez lui.

CHAPITRE XXXV.

Omnia vincit amor et nos amore vincemur.

CORNEILLE.

Julienne aimait son mari, l'aimait si passionnément, si follement, si furieusement, qu'il en fut effrayé.

Après quinze jours de mariage, Julienne ne pouvait pas encore quitter son mari un seul instant. C'était une kirielle de noms tirés du vocable des béatitudes célestes. C'était des baisers sur le cou, sur les cheveux, des serrements de mains, des regards passionnés, des protestations, des soupirs.

—Si cette femme-là va m'aimer de cette manière-là longtemps, ce que j'ai de mieux à faire, se dit Sosthène, c'est de partir en Belgique, et pas trop tard, ou il faut que cela change.

— Ma chère amie, lui dit-il un matin, je suis pénétré du bonheur que me promet ton amour; mais tu le sais, il me faut être à ma besogne. Laisse-moi un peu au bureau; quand le dîner sera prêt, tu viendras me chercher. Il la pousse doucement dehors en la baisant au front.

Une heure après, Julienne revient. Elle a pleuré.

— Cha ne peut pas marcher comme cha... Votre indifférenche me tue... Depuis che matin, vous n'êtes pas venu m'embracher cheulement une fois... Vous penchez à une autre perchonne, j'en suis chure... Ah!... si je le chavais... si je pouvais le chavoir!... tout serait fait de ta pauvre petite femme!...

La pauvre petite femme pèse cent kilos.

— Jure-moi donc (les larmes lui arrivent, elle sanglote) que cha ne che peut pas, que tu n'aimes que moi... Viens dans mes bras toujours ouverts pour toi... Viens me concholer, si tu ne veux pas que je chuccombe à tes pieds...

Et ces scènes se renouvellent tous les jours. Deux fois ordinairement, au soir et au matin.

Parole d'honneur.

La nuit, vient-elle à se réveiller, elle saisit son mari à bras le corps, en criant comme une forcenée. Son mari, qu'elle étouffe, se réveille en sursaut.

— Eh bien! quoi, qu'est-ce?

— Ah!... ah!... Est-che bien toi?

— Eh, sans doute. Qui serait-ce? Ne me serre donc pas si fort; tu m'asphyxies.

— Ah!... ah!...

— Mais voyons, parle?

— Dans quelle posichion vien-he de me trouver? Ah!...

— Eh bien?

— Je faijais un rêve.

— Quel rêve?

— Ne me le demande pas, ch'est par trop affreux!

— Quoi donc?

— Ah!... Je te voyais dans che rêve... chourire à une autre... Ah!... chette pensée est bien terrible, n'est-che pas, Chostène? Si chependant chétait vrai!... ah!...

— Voyons, vas-tu encore recommencer tes folies?

— Mais dis-moi au moins que cha n'est pas, et que tu n'as jamais chouri à d'autre qu'à moi.

— Non, Julienne, non; je ne souris pas à d'autre qu'à toi. J'en ai bien assez comme ça. Dors et laisse-moi dormir.

— Ah! tu préfères dormir que de me parler et de rachurer ta petite femme? Comme tu changes, Chostène!... Vraiment comment croire que tu m'aimes toujours!...

Je ne sais pas trop ce qu'il lui disait pour la persuader; ce n'était pas chose facile. Aussi Sosthène se courbait sous le poids de tant de bonheur, et se tordait au milieu de la sphère d'amour dont sa robuste épouse l'entourait. Il n'y a pas de soins et de prévenances tyranniques dont elle ne l'accablait. Sosthène voulait-il sortir : — Tu ne chortiras pas, mon ami, il fait trop froid, ou le temps est inchertain. Insistait-il, sa femme lui sautait au cou et le menaçait de ne plus la retrouver en vie, s'il l'abandonnait un instant. S'il faisait beau, elle prétendait l'accompagner et ne le quittait pas plus que son ombre.

A table : — C'est trop chaud ou trop froid.

Sosthène ne mange et ne boit que ce que sa femme lui permet. La sollicitude de cette femme si aimante s'étend jusqu'à le priver d'aliments échauffants ou trop relevés. Il boira de l'eau rougie, du café coupé de crème. Julienne se trouverait mal si Sosthène portait un verre d'eau-de-vie à ses lèvres. Sosthène est à bout : à force d'être aimé il se trouve le plus malheureux des hommes.

Une légère toux vient à se déclarer.

— Chostène, tu as toussé? Ah! mon Dieu!... vite, de la gomme, du chirop...

Julienne fait acheter toutes les pâtes pectorales connues, redige des marmites complètes de tisane, abreuve et empâte son époux au nom de son amour. Sosthène n'ose plus tousser qu'à la force. Il appréhende d'être soumis à l'épreuve d'un inévitable, d'un nouveau bol d'eau chaude, et endure d'atroces déchirements de poitrine.

Julienne appelle trois médecins à la fois. Ces messieurs, cela se voit encore de nos jours, ne s'entendent pas pour le mode de traitement à suivre.

L'un veut la saignée pour amoindrir la toux; le second veut la diète la plus sévère pour l'absorption de l'humeur morbifique; le troisième conseille les antiphlogistiques et les mucilagineux.

Ces messieurs se quittent sans avoir rien arrêté.

Ils reviennent séparément écrire leur traitement, en déclarant le malade perdu s'il manque à la moindre prescription de leur ordonnance.

Julienne est presque folle. Dans son désespoir, elle consulte tout le monde. Elle a entendu dire que les limaçons ont fait des cures merveilleuses. Elle en demande et en achète de toutes les sortes; en fait des bouillons, des sirops, des ragouts.

Sosthène, malgré sa répugnance, est obliger d'absorber tout cela. Il n'y a pas de mieux cependant.

Il dépérit à vue d'œil.

Julienne apprend qu'une dame respectable possède un secret pour réchapper des poitrinaires au deuxième degré de phthisie. Julienne court chez elle, et ne lui laisse pas de loisir qu'elle n'ait préparé la panacée salutaire. Cela demande plusieurs heures. Le temps est à la sécheresse, et le jardinier trouve difficilement la matière première.

Enfin la potion est préparée. Julienne oublie de remercier celle à qui elle va devoir la vie de son mari. Elle tient la précieuse fiole ; qu'importe le reste.

Elle accourt vers son chéri, l'embrasse avec frénésie :

— Chauvé! dit-elle emphatiquement, chauvé!... cher Chostène! Voilà ton chalut dans cette bouteille. Tu vivras pour me chérir, et chest moi qui t'aurai chauvé. Embrache-moi encore une fois... Tiens, vois... Tu prendras pendant neuf jours une bouteille comme cha au matin, et tu cheras guéri le digième.

A la vue de ce que contient la bouteille, Sosthène s'est révolté; il détourne les yeux et repousse la fiole avec horreur.

— Ah! Chostène! ingrat Chostène! hurle Julienne, peux-tu méconnaître à che point mon amour et mon dévouement. Elle se jette à ses genoux, arrose ses mains de ses pleurs brûlantes. Elle triomphe enfin après une demi-heure. Sosthène avale un à un et en grinçant les dents les objets contenus dans cette fiole. Elle lui ferait avaler le tonnerre de D..., avec son amour.

Devine qui pourra ce que Sosthène a avalé; je n'en dirai rien ici.

D'autant que je n'oserais pas, et que sous une autre considération, je puis tirer profit de ce secret pour des cas semblables.

Sosthène guérit.

Parlez-lui aujourd'hui de ce qu'il a pris, et regardez la grimace qu'il fait, sans vous répondre; vous n'insisterez plus.

Sosthène est gros et gras; il a eu le malheur de perdre sa femme d'un excès d'humeur jalouse rentrée; il lui a juré, à son lit de mort, de ne pas lui survivre plus de... cinquante ans.

CHAPITRE XXXVI.

> A tros chaint sochainte-chonq fraincs;
> eune fos, — deux fos; — j' vas buquer;
> eune dit pus rin?... Paf!... à 'ty, tiôt
> Philippe.
>
> *L'ex-gurde de Cauroir.*

Décossine donne le jour à une fille ; elle ne peut remplir vis-à-vis cette enfant le devoir si doux que la nature départ à la majeure partie des mères. Les sources où l'enfant puise ordinairement la vie se refusent chez elle à donner la liqueur lactée indispensable aux marmots.

Décossine envoie sa fille en nourrice à Bouchain, sous la tutelle protectrice de ses parents.

Cette enfant, qu'ils prennent ensuite en sevrage, grandit et s'élève à l'aide des soins affectueux et intelligents dont l'entourent à l'envi ses aïeux, ses oncles et ses tantes.

A dix ans, la Poule (nom de cœur que lui ont donné ses parents), la Poule promet d'être ce qu'elle sera : aussi jolie que belle.

Rien en effet de plus agréable à voir que cette heureuse physionomie, un peu colorée, nuancée de cils et sourcils noirs, dont les arcs ombragent délicieusement deux prunelles fendues en amandes. Son sourire continuel dessine sur ses joues deux petites fossettes, et ses lèvres en s'entr'ouvrant laissent entrevoir un petit chapelet du plus bel ivoire.

Les grands parents ont déménagé ; ils demeurent alors derrière l'église, vis-à-vis une étude de notaire. La Poule partage les jeux du plus jeune enfant de son voisin. Une douce familiarité s'établit entre eux.

Le vieux notaire voit cette enfant avec plaisir ; il la farcit de bonbons, de jouets, et la choie comme sienne. Ce notaire, dont nous ne prétendons pas écrire ici l'histoire, était une victime des fureurs révolutionnaires.

Ses biens avaient été ravagés, ses maisons et ses foins incendiés ; lui-même avait été dépouillé et laissé pour mort sur le pavé des rues, lors du pillage de Marchiennes, en 1793.

Un soldat autrichien ayant remarqué à l'une de ses mains une bague de prix et ne pouvant l'arracher du doigt, dégaina son sabre pour le trancher. Le notaire se releva par l'effet de la douloureuse réaction, et parvint, par un mouvement désespéré, à s'échapper de leurs mains.

Poursuivi, traqué par la soldatesque affrénée, il se réfugia dans un four. Une femme du peuple jeta son mantelet sur ses épaules littéralement nues. Ce mouvement charitable fut remarqué d'un autre soldat ivre d'eau-de-vie moins que de sang.

Le notaire se crut arrivé à son heure suprême ; il vit le soldat prêt à le larder avec son fusil, fit le signe de la croix et recommanda son âme à Dieu, en bon chrétien qu'il était.

Du premier coup que lui porta l'Autrichien, la pointe de la baïonnette ne fit qu'effleurer la cuisse et se ficha fortement dans la paroi cimentée du four, entre deux briques.

Ce soldat, voulant retirer sa baïonnette engagée, tirait à lui son fusil de toutes ses forces, et en le tournant en sens divers. Ce qui fit que le canon, arrivé au point d'entrée, se dégagea de la douille de la baïonnette, celle-ci resta fichée au mur. Le soldat tomba lourdement sur le fémur et ne put se relever.

Le notaire, voyant une chance de salut, sortit du four à la hâte, gagna la cour, puis le jardin, escalada la muraille, se laissa glisser de l'autre côté, gagna une écurie où il trouva un lit de domestique ; sur ce lit quelques haillons ayant encore à peu près la forme de vêtements, il s'en empara, s'en revêtit, et fut épargné le lendemain comme les autres *pauvres diables à l'espèce desquels il paraissait appartenir*.

Ce notaire possédait à Bouchain une vaste maison pleine d'objets d'arts de toute espèce. La peinture, la statuaire, la musique y étaient grandement représentées. Non pas que le notaire se targuât de connaissances extraordinaires dans ces différentes parties, loin de là, mais il avait été amené à se trouver propriétaire de la plupart de ces objets, par un excès de délicatesse et un respect religieux que le lecteur appréciera.

Ainsi :

Alors qu'il était sommé au nom de la République *une et indivisible,* de procéder à la vente publique d'objets, dépouillés et autres provenances d'églises dévalisées, le notaire demandait pour ses honoraires : un tableau, une statue, un christ, un objet ou deux quelconques au commissaire, lequel n'avait garde de les lui refuser, aimant mieux ce mode de paiement que celui d'espèces. Aussi préférait-on son ministère à celui des autres notaires, peut-être à cause de cela.

Ce notaire était plus amateur de musique que musicien. Il raclait un peu de violon, grattait un peu de basse, soufflait dans la flûte douce et la bombarde, mais c'est encore sur la basse qu'il ennuyait le moins.

Dans ses opérations financières, on lui avait rendu, au lieu de 600 francs prêtés, un clavecin qui valait bien 80 francs alors. Comprenant les bienfaits et les ressources si récréatives de la musique, il avait prié le père Perlin d'initier sa fille aux beautés de la science musicale et du clavecin.

La demoiselle avait quinze ans au temps où elle allait commencer à étudier sa première gamme. Elle se trouva malade, traîna quelques mois de langueur et mourut.

Le notaire cloua son clavecin et laissa un an tous les instruments dépérir.

Son plus jeune fils fit tant, qu'il vint à bout de déclouer le couvercle de ce clavecin, et s'amusa avec un goût extraordinaire à essayer ses doigts sur le clavier de cet instrument.

Son père l'ayant un jour surpris et lui reconnaissant des dispositions, lui donna un violon trois quarts, et le confia à

un maître de musique danois, arrivé en occupation militaire à Bouchain. C'était en 1815.

Ce maître de musique ne prit point garde à la vocation de l'élève. Celui-ci essayait ses faibles doigts sur la touche, et le Danois rectifiait la pose à grands coups d'archet sur ces doigts si délicats ; ils devenaient bleus, puis impuissants à force de douleur à tenir même l'instrument.

D'autre part un nuage de larmes, bien impossible à retenir après un pareil traitement, voilait ses yeux et lui faisait voir deux ou trois notes où il n'y en avait qu'une.

Laquelle choisir ?

L'enfant se dégoûta, moins du violon que du maître ; c'était fait pour cela, et manifesta à son père le désir d'apprendre le clavecin.

Le père, à la vue des sévices exercés sur son enfant, lança sévèrement le Danois, le congédia et promit au bambin de parler de lui au père Perlin, son voisin.

En attendant, l'enfant continua de jouer avec la Poule.

CHAPITRE XXXVII.

> Pour faire un civet prenez un chat.
>
> *Gargotes à 22 sous.*

Charlot et Constant sont toujours bons camarades, quoiqu'ils se fassent des tours déconcertants.

Peut-être ont-ils conçu l'un pour l'autre une estime et une amitié dont la similitude de leurs goûts et de leur aptitude est la raison.

Depuis que Constant a un fusil, le gibier abonde dans la famille. Charlot accompagne rarement Constant à la chasse, parce que Constant lui fait exécuter des rondes interminables, sauter des fossés, franchir des haies ; ce que Charlot, privé de fusil, ne fait guère volontiers. D'un autre côté, Constant n'est pas prodigue de son gibier, et, sauf un moineau qu'il a tué un jour par accident, Charlot est encore à recevoir et à goûter l'aile d'une perdrix tirée par Constant.

Aussi se torture-t-il pour trouver un moyen de manger du gibier aux dépens de son camarade, et n'en trouve-t-il aucun.

À quelques jours de là, Constant tue un lièvre. Ce lièvre gît dans sa carnassière pendue dans l'antichambre ; il doit le porter le lendemain matin à son frère Sosthène. Il montre ce lièvre à Charlot, qui consent à lui donner un pas de conduite. Sosthène demeurant à trois lieues et demie de Bouchain.

Charlot donc s'en revenait ce soir-là tout triste, pensant au beau lièvre que Constant lui avait montré.

En tournant le pont Simon-Bouteille, Charlot heurte du pied un corps, trébuche, cherche à voir, et en se baissant reconnaît le cadavre d'un chat dont la robe est souillée de boue.

Il passe outre, s'arrête à dix pas de là. Il lui est venu une idée. Cette idée lui sourit. Que va-t-il faire ?

Il se hâte de rebrousser chemin, ramasse le cadavre du chat, descend au puisard voisin et se met en devoir de laver et rincer ce chat mort à grandes eaux, non sans un peu de répugnance, car la mort de cet animal remonte au moins à huit jours, si on en juge au flair. Le chat bien lavé sent moins. Charlot le rapporte chez sa tante, le dépose furtivement sous les fourneaux de la cuisine, avant d'entrer dans la pièce à manger, et attend que sa tante soit couchée pour faire un feu de bois à incendier la cheminée pour sécher son sujet.

Le lendemain, vers quatre heures, il se lève ; il n'a pu dormir, tant il craint de manquer son coup.

La robe du chat est séchée. Il lui donne un coup de brosse et remarque qu'elle est d'une couleur qui approche beaucoup de celle d'un lièvre. C'est un fort beau chat roux et blanc sous le ventre.

Charlot a mis sa blouse de voyage ; le chat est suspendu

dessous à une ceinture et presque dans ses jambes. Il a les deux mains libres. On ne peut deviner qu'il porte quelque chose.

Il est cinq heures du matin, et Constant doit partir à six; il est temps de démarrer.

Charlot monte à la ville haute, arrive vis-à-vis la maison Perlin, met deux doigts de chaque main dans sa bouche et fait entendre un sifflement aigu et prolongé.

Constant, à ce signal convenu, saute à bas du lit, ouvre la fenêtre, et dit à Charlot : At... at... at... attends un moment, j'y... j'y... j'y... vais.

Et, tout en boutonnant son pantalon, descend ouvrir à Charlot.

Celui-ci lui dit hypocritement :

— Veux-tu que je monte avec toi, je t'aiderai à t'habiller?

— Non, reste; mon père ne... ne... ne serait pas con... con... content. At... at... attends-moi deux minutes.

Constant remonte. Charlot met les deux minutes à profit pour opérer l'échange du lièvre, qu'il met en lieu sûr, et place le chat dans la gibecière, couché de la même manière et les pattes en l'air.

Le lièvre est caché sous l'escalier; il viendra le chercher plus tard.

Charlot n'a pas mis une minute pour ce faire.

— Est-ce que tu ne descends pas? crie-t-il à demi-voix.

— Si, voi... voi... voilà, dit Constant en descendant ses effets et ses souliers, qu'il n'a pas encore mis. Tu es bi... bi... bigrement pressé?

— J'ai une commission à faire à Marquette, et il faut que je sois revenu pour huit heures.

— Alors, partons.

— Partons, répète Charlot.

— Dis donc?

— Quoi?

— Moi qui allais m'em... m'em... m'embarquer sans biscuits.

Constant frappe sa gibecière en disant :

— Je ne puis pas le... le... le... man... man... manger en route, il n'est pas cuit.

— Guère moins, pense Charlot, tremblant de voir Constant retourner sa gibecière passée en sautoir sur l'épaule.

Aussi lui arrache-t-il des mains la tranche de pain qu'il vient de couper et l'introduit lui-même dans la gibecière en disant :

— Donne ça vite, loulou; j's'rai obligé d'courir pour m'y r'venir à temps.

Ils sont partis.

A Marquette, les deux amis se quittent.

— A tantôt! se disent-ils.

Charlot revient au galop, pénètre à pas de loup jusque sous l'escalier, prend le lièvre, qu'il attache sous la blouse, comme il a fait du chat, s'en va à la porte haute, et offre deux sous au premier paysan qu'il voit entrer en ville, pour aller vendre son lièvre à l'hôtel des Diligences.

Le villageois accepte et obtient 4 francs de cette jolie pièce. Charlot est d'une gaieté folle. Son idée a réussi et la piste est détruite.

Il n'a jamais eu 4 francs en mains. Il va chez mademoiselle Botte acheter un gilet jaune 2 francs; les deux autres francs seront payés par la tante; prend mesure à son oncle Pierre, tailleur distingué de Paris, lequel lui confectionne avec du bougran un gilet qui tient seul debout, avec des boutonnières comme celles d'un habit et un collet droit raide comme du carton.

La première fois que Charlot met ce gilet, il se trouve tellement cuirassé et engagé, qu'il ne peut se courber ni regarder à ses pieds; il ne peut pareillement tourner la tête, car il aurait les oreilles coupées par le collet, lequel collet lui relève les bouts de chaque oreille horizontalement. Charlot a passé douze heures d'un dimanche dans cette espèce de carcan pour être beau; mais il ne le mettra plus si tôt, du moins autant de temps que ses oreilles ne seront pas guéries.

Qu'advient-il de Constant?

Il arrive chez son frère, qu'il trouve près de Julienne.

— C'est toi, Constant? Quelle bonne nouvelle? Les parents vont bien?

— Oui... Tiens, je t'a... t'a... t'a... t'apporte du... du... du gibier.

— Tu es bien aimable; c'est fort bien de ta part. Quel gibier?

— Tiens, vois.

Sosthène s'avance et prend la gibecière que Constant lui présente.

— Laiche, crie Julienne, laiche-moi voir.

Julienne retire d'abord une tranche de pain.

Constant, pressé d'arriver et pour jouir plus tôt de la surprise et du plaisir qu'il va causer, a oublié de déjeuner.

Julienne baissse la tête, regarde.

— Chostène! exclame-t-elle, chechi n'est pas un lièvre et cha pue. Chest clians doute encore quelque mauvaige farche de ton frère.

— Co... co... co... comment dites-vous? s'écrie Constant en s'avançant et saisissant le chat par les pattes; ceci n'est pas un...

Il s'arrête, il a aperçu la tête du chat aux oreilles courtes.

— Pourquoi diable nous apporter cela ici toi-même? lui dit son frère en riant; tu dois être bien fier d'avoir fait une saleté à ma femme! Si tu appelles cela une attrape, moi, je trouve cela bien sot et bien grossier. Ce sont de plates plaisanteries.

Constant n'écoute pas. Il est là comme un criminel qu'on vient de juger, regardant toujours le chat mort gisant sur le plancher et pas du tout beau à voir. La honte d'avoir apporté de si loin un pareil morceau, le soupçon dont on l'accuse d'avoir voulu faire à sa belle-sœur une avanie, le clouent un moment. Mais quand il vient à éclater...

Homère, où est ta plume?...

— Tu... tu... tu... tu as menti, dit-il en s'adressant au cadavre; tu... tu... tu... tu n'es pas un chat. Puis il le soulève de nouveau, l'examine rapidement et le jette avec violence contre le sol, ne pouvant s'expliquer, tant la colère le suffoque. Il regarde son frère avec une figure cassée, à la fois triste, colère et risible : Ça n'est pas vrai; hier, je... je... je l'ai tué, c'é... c'é... c'é... c'était un lièvre. Je... je... je m'en vais.

— Mais non, reste, c'est peut-être un tour qu'on t'a joué.

— Ça ne... ne... ne se passera com... com... comme ça. Au... au revoir.

Et le voilà sur la route de Bouchain, où il arrive vers deux heures et à jeun. Il a fait huit lieues. Il dîne ou plutôt il dévore et ne parle à personne; mais aussitôt dîné il va chez Charlot tout inspecter, sans avoir l'air. Il espère trouver à la cuisine, quelque part, un indice de son lièvre; il compulse les garde-mangers, les assiettes sales, interroge les égouts,... rien!...

Charlot rentre; il ne lui parle pas. Ils remontent ensemble à la ville haute et passent vis-à-vis l'hôtel des Diligences. Charlot fait observer à Constant un lièvre pendu au croc en permanence sous la grand'porte, en lui disant : Tiens! en voilà un aussi beau que celui que tu as porté à ton frère ce matin.

Constant lève la tête, voit un lièvre en tout semblable au sien, s'approche, le reconnaît au coup de feu qu'il lui a envoyé entre les deux oreilles, entre et demande au propriétaire de l'hôtel :

— Où... où... où avez-vous eu ce lièvre-là?

— Ah! ricane le brasseur, tu n'en tues pas, de cette famille-là, toi, hein?... Il est beau, celui-là! n'est-ce pas?

— Oui, sans... sans... sans... sans doute; mais où... où l'avez-vous eu?

— Ma foi, je n'en sais trop rien; c'est un villageois qui me l'a offert ce matin pour 4 francs. J'ai trouvé que ce n'était pas cher, et je lui ai donné ses 4 francs sans lui demander qui ni d'où il était.

Constant se retire avec une profonde douleur au cœur. Il est convaincu que c'est le lièvre tiré par lui la veille qui est là, pendu, comment? Voici ce qui l'entortille. Il pleurerait, s'il l'osait.

CHAPITRE XXXVIII.

Tout espion pris sera immédiatement passé par les armes.

Code des lois de la guerre.

Nous arrivons aux faits de 1814 et 1815.

Inutile de redire ici l'histoire des événements qui préparèrent le blocus de Bouchain.

Cette ville, fortifiée par une triple enceinte, présente de formidables moyens de défense à l'ouest, au nord; les bastions, cavaliers, tours, forts, sapins, lunes et demi-lunes sont armés d'artillerie de gros calibre. De l'autre côté, les eaux de l'Escaut et de la Sensée sont retenues. Il est impossible d'aborder la place à plus de 1,500 mètres.

Les magasins regorgent de vivres et de munitions.

Bouchain renferme trois mille hommes de garnison.

Il est cerné de loin par les armées étrangères, comme les autres villes du Nord.

A la menace du bombardement de la ville, le vieux notaire, sur la prière de son épouse, l'envoie en émigration à Marquette, avec son plus jeune fils.

Trois jours après, le seul fils resté près du notaire demande avec larmes la permission d'aller retrouver sa mère. Le père cède et obtient une passe.

Les portes s'ouvrent, les ponts se baissent pour le jeune homme; il est seul, il connaît la route.

A un kilomètre de là, il est pris par un piquet ennemi. Ses réponses sont sottes : Je vais retrouver maman. Il ne peut rien dire autre chose. Cela paraît au moins extraordinaire. Il est envoyé à Marquette, au quartier général, comme espion. Le lendemain il sera dépêché sur Cambrai pour être passé par les armes.

Une circonstance regrettable vient encore aggraver la situation du suspect.

Un allié, officier supérieur, chassant aux environs de Marquette, est tué dans les fonds de Mastaing, lors d'une sortie opérée par quelques gendarmes de Bouchain, et cela au nom des droits de la guerre et malgré l'inoffensivité de la victime qui s'écrie :

— Je me rends, laissez-moi la vie.

Ce qui a été attesté depuis par plusieurs témoins du pays.

Madame Vignole, chez qui se trouve le chef principal du cantonnement d'invasion, voit avec surprise ce jeune homme arriver chez elle entre six fusiliers. Elle cherche à le reconnaître.

L'enfant, à peine âgé de douze ans, ignore le danger qu'il court, et sourit à madame V..... Elle lui demande :

— Qui es-tu?

— Je suis le fils de M. D....., notaire à Bouchain.

— Mais, malheureux! qu'es-tu venu faire par ici?

— Je suis venu retrouver maman.

— Sa mère est donc dans ce village? demande le chef autrichien.

— Mais sans doute, réplique madame V...., ce cher petit! Est-ce qu'il pourrait lui arriver quelque chose?

— Ma foi, j'en suis fâché pour lui, réplique le chef autrichien; mais mes instructions sont précises : il sera conduit à Cambrai demain, pour y être fusillé.

— Fusillé! s'écrie madame V....., vous ne commettrez pas ce crime, monsieur ; au nom de votre mère, de l'humanité. Cet enfant est innocent. Sa mère, inconsolable de la perte d'une fille qu'elle chérissait, est venue ici pour pleurer librement avec son plus jeune fils, et celui-ci aura pleuré pour venir retrouver sa mère.

— Madame, je pourrais vous croire, que la coïncidence du meurtre de Mastaing avec la prise de cet espion viendrait détruire ce que le mouvement de votre cœur comporte vraiment de trop généreux.

Madame V..... ne répond plus. Elle court chercher la dame du notaire, l'instruit de la chose en route. Elles arrivent l'une soutenant l'autre, cette dernière se sent mourir. L'enfant saute au cou de sa mère, celle-ci est aux genoux du commandant.

Madame Vignole joint ses supplications aux larmes de la mère qui redemande son enfant.

Les notables de Marquette, appelés à répondre de l'enfant, s'y engagent sur leur tête. Le chef surseoit à l'exécution de ses ordres dans l'espoir d'une solution prochaine qu'amènera la reddition de la place de Bouchain, et remet l'enfant à sa mère sous caution, et avec cette condition expresse que ce sujet sera représenté deux fois par jour.

CHAPITRE XXXIX.

D. Eh! dis donc, l'ami, la rivière est-elle profonde?
R. Les canards l'ont bien passée,
Fa deri deraire, fa fa liron fa.

Opéra du Pont-Cassé.

Que fait Constant pendant ce temps? Ne pouvant sortir pour aller chasser, il démonte son fusil le second jour et en déguise habilement les pièces sous sa blouse pour sortir à la première passe qui surviendra, car alors qu'une personne obtient une passe, tous ceux qui attendent pour sortir ou entrer profitent des voies un moment ouvertes. Aussitôt dehors, Constant remonte son fusil, et à chaque pièce de gibier qu'il tire répand l'alarme dans Bouchain. C'est l'ennemi, plus de doute.

Chaque citoyen plus ou moins poltron court aux casemates ou descend à sa cave, où il a déjà réuni ses effets les plus précieux, et une quantité de vivres pour plusieurs mois.

J'en ai connu un qui était prêt à s'y faire murer, tant il avait peur.

Constant rentre et sort de la ville, tantôt par la porte, une autre fois la nuit, par le moyen d'une corde pendue de quelques pieds au-dessus du batardeau accolé contre le bastion qui regarde le petit bois. Son fusil est caché dans un sillon ou abrité sous des broussailles. Les petits et grands marais, le maréquiau, les ringues, sont tour à tour fouillés par Constant et son chien, le fameux *Tirace*, si digne de son maître. Ce nemrod bocanien fait retentir les bois, et les échos répètent avec un vacarme prolongé les incessants coups de fusil qui abattent le gibier dans ses refuges.

Les sentinelles sont sur le qui-vive, mais ne voient rien. On n'a garde de penser à un chasseur.

Les canards domestiques d'un riche propriétaire voisin se sont aventurés jusque dans le grand marais. —C'est la saison où ils prennent le plus de liberté; il en fait un massacre considérable.

Le propriétaire le surprend : — Misérable braconnier, lui dit-il, oses-tu bien tuer ainsi mes canards?

— Tes canards, ça? et pour compléter sa réponse.—Paf. —(Constant en tire un) Tirace : com ir, apporte.

— Tiens, dit-il, en jetant le canard aux pieds de son interlocuteur; où où où est ton nom?

— Mais, tu vois bien que ce sont des canards domestiques?

— Tu tu mens. Les ca ca canards de ma ma marais sont des sau sau sauvageons; tu tu tu tu ne t'y connais pas : les ca ca canards domestiques restent tou tou toujours dans dans dans les basses cours. Ce disant, il ramasse le canard et le met dans son sac en bonne compagnie, au nez, à la barbe du propriétaire et s'éloigne en frappant sur le silex de son fusil avec une pièce de deux sous.

CHAPITRE XL.

Ainsi finit la mêlée,
Et la troupe épouvantée,
En fuyant sur la montée,
Faillit se rompre le cou.

Frère Étienne, chansonnette.

Il y a huit jours que les places de Douai, Valenciennes, Cambrai, etc., etc., se sont rendues. Bouchain résiste encore. Le commandant de place anime les soldats, leur disant : « Si les bourgeois ne vous logent pas convenablement, » emparez-vous de leurs lits et bouleversez leur cassine » jusqu'à satisfaction. »

Un parlementaire se présente sur la chaussée de Cambrai, il est accueilli par un boulet de 24 qui siffle à ses oreilles et lui fait rebrousser chemin.

Les canonniers bourgeois gardent leurs pièces tour à tour.

Trois jours se passent. Louis XVIII s'impatiente, il est cloué à Cambrai, rue de l'Arbre-à-Poires, et il lui en coûte d'avoir à ordonner un siége contre une ville française, dont au fond il estime l'esprit de fidélité.

Il envoie une missive particulière, aussi flatteuse pour l'amour-propre et la dignité du lieutenant qui commande la ville, que pour les habitants de Bouchain, il y fait ressortir au point de vue national l'inutilité d'une plus longue résistance et accorde tous les honneurs militaires à la garnison.

Bouchain se rend le 29 juillet 1815. Les troupes et les gardes nationales évacuent la ville pour être licenciées plus tard.

A cette nouvelle de la reddition de Bouchain, à la vue du drapeau blanc qui flotte à la flèche du clocher et domine la tour d'Ostrevent, les villageois environnants, les uns avec des fléaux, d'autres avec des fourches, d'énormes bâtons, des fusils sans chiens, d'autres portant des sacs, des besaces, se portent vers la ville.

Hordaing se distingue particulièrement par des malettes portées en sautoir. Ce village en masse se dirige en vainqueur vers la ville haute et envahit la demeure du notaire. Il s'agit de piller cette maison qu'ils viennent de prendre d'assaut, et chacun examine d'avance les objets qui sont le plus à sa convenance.

Mais, comment se fait-il que leur air de rodomontade n'excite chez les citadins qu'une gaîté folle, qu'une explosion de rires et de railleries qui paralysent les plus hardis ?

C'est qu'on a laissé entrer tous ces messieurs en ville, afin qu'ils puissent manifester leurs instincts généreux librement.

Le commandant a permis cette farce, et après leur entrée a fait fermer les portes de la ville et fait déclarer les villageois pillards prisonniers de guerre.

Avesnes-le-Sec est arrivé un peu tard. On répond à sa sommation par un coup d'une pièce de 24, chargée à poudre, tirée de la tour d'Ostrevent.

Cette commotion, qui a fait trembler toutes les maisons de la ville, répand l'effroi parmi les conquérants cantonnaux ; ils demandent *chou qui n'y a*. Un plaisant leur répond qu'on vient de passer Avesnes-le-Sec par les armes et qu'il en sera probablement de même de tous les pillards.

Ce bruit se communique avec une rapidité électrique. Dire la terreur dont furent pris ces guerriers improvisés, leurs cris de détresse, leurs lamentations, leurs humiliations, pleurant, à genoux et demandant grâce au milieu des huées du reste des bourgeois.

Le commandant mit fin à leur supplice en faisant ouvrir les portes.

On raconte que les plus terrifiés n'attendirent pas et sautèrent dans les fossés à tous risques de vie pour se sauver; principalement du côté de la ville basse, à l'endroit du batardeau qui sépare le fossé longeant le derrière des écuries militaires.

Plusieurs personnes de Bouchain, de cinquante et quelques années, attesteront la vérité de ces faits au besoin et pourront en raconter d'autres aussi amusants sur le sujet de la prise de Bouchain par les naturels du canton, fait qui sans ce témoignage que j'invoque paraîtrait forgé au coin du feu.

La compagnie de l'ancienne cité d'Haspres avait résolu de marcher aussi sur Bouchain avec sa pièce de campagne. J'ai fait des recherches pour connaître l'origine et signification de la suscription de cette pièce, et cela sans résultat bien satisfaisant.

J'ai traduit le *Mundana spinosa* et autres caractères en reliefs, restes de l'ancien monastère de cette ville. Quant au nom de cette pièce, voici l'opinion la plus présentable et à laquelle je me suis rattaché. Cette pièce d'artillerie a beaucoup de ressemblance avec un de ces anciens instruments de médecine que l'art a considérablement perfectionnés.

Il est à présumer que Messieurs les propriétaires agronomes pouvaient, à défaut de l'instrument dont j'ai parlé, se servir avec avantage de cette pièce en temps de paix, pour administrer certaine médication aux ânes, bœufs, et autres bestiaux, ce qui devenait facile dans les occasions où ces ruminants éprouvaient des embarras de digestion; et ce au moyen d'un simple conducteur adapté à la lumière de la pièce; l'écouvillon servait naturellement de repoussoir.

De là, probablement, l'origine de cette appellation incongrue.

Joseph n'est pas tout à fait de cet avis, mais, jusqu'à plus ample information, je risque celui-ci.

Or, la motion de marcher sur Bouchain fut sagement combattue par les anciens, et leur avis prévalut.

— Qui défendra nos familles, si l'élite de nos canonniers déserte et nos remparts et le service de nos pièces, dirent-ils ?

A cette domestique interpellation les canonniers comprirent leur véritable devoir, et, pipe allumée, veillèrent au salut de leur cité.

Cette contenance en imposa apparemment aux autres pillards; ils passèrent à quelques kilomètres des fortifications d'Haspres, et cette ville fut sauvée.

L'épouse du notaire revint à Bouchain aussitôt la nouvelle de la reddition de cette ville.

Le notaire avait logé à lui seul une compagnie de soixante-cinq hommes.

Hordaing avait remplacé cette compagnie pendant une heure, et, quelques jours après, les Hanovriens arrivaient, puis les Danois leur succédaient.

Le notaire fut gratifié du major et de son personnel, de l'auditeur en chef, sa femme et sa suite pour hôtes. Le notaire et son épouse purent remettre un peu d'ordre dans leur vaste bicoque.

La femme de l'auditeur en chef était une jeune blonde vaporeuse et douillette s'il en fût au monde. J'en suis encore à me creuser la cervelle pour deviner de quel moyen on s'était servi pour la faire arriver en France sans la casser. Le notaire, réputé pour un connaisseur, trouvait qu'elle avait les yeux d'un jeune veau et un teint de fromage à la crème. Cette jeune Danoise était musicienne, et la première attention de son mari fut de lui faire revenir de Paris, au prix de 1,000 francs, un piano carré d'Erard, à trois cordes, cinq octaves et demie, à pilotins; ce qui passait alors pour le *nec plus ultra* des instruments.

Les sons de ce piano stimulèrent d'autant plus le jeune enfant du notaire, qu'il souffrait déjà d'une fureur d'épinette concentrée, laquelle se développa dans la suite chez ce jeune sujet presque naturellement et sans aucun secours de maîtres. Et qu'on ne s'étonne pas trop de ce que ce piano parut avoir de merveilleux dans son ensemble pour les oreilles de cet aspirant : il y avait autant de différence entre ce piano et cette épinette, que nous en trouverions aujourd'hui entre ces mêmes pianos à pilotins, objets réformés, et nos délicieux pianos droits modernes. De nos jours le piano trône dans tous les salons. La guitare est presque ridicule; le théorbe, le luth, la vielle, le sistre, la mandoline, la lyre, sont passés à l'état de souvenirs. Heureux l'artiste qui possède quelqu'une de ces reliques et peut en enrichir son cabinet. La harpe elle-même, malgré ses charmes et les grâces que son jeu développe chez les dames musiciennes qui l'ont étudiée, devient d'une rareté vraiment regrettable pour les beaux-arts. C'est sans doute en raison des difficultés qu'elle présente pour son abord, le coût de son entretien, la variabilité de son accord et la casse de ses cordes.

3

L'importance du piano et son envahissement général sont tels, que sa fabrication en France occupe vingt mille ouvriers.

CHAPITRE XLI.

La patience est la vertu des ânes.

Traité de pêche.

L'intimité de Charlot et de Constant se maintient. Charlot ne chasse pas, mais, en revanche, il pêche. A l'imitation de son camarade, il prépare des lignes dormantes qu'il jette le soir en secret et qu'il retire le matin. Pendant le jour, s'il n'a pas trop de besogne à son jardin, il pêche le goujon ou cherche de jeunes grenouilles pour servir d'appât à ses lignes de nuit. Constant lui a assigné certains endroits où il essaie d'abord sans trop de succès. Charlot n'ose jeter ses arrêts dans les rivières que Constant lui a interdites comme siennes.

Cependant, il s'enhardit et se dit : Parbleu! il n'en saura rien; du reste, la rivière ne lui appartient pas plus qu'à moi, il n'a pas le droit de le trouver mauvais.

La première nuit, Charlot prend deux anguilles : il les montre niaisement à Constant, Constant reconnaît que les anguilles proviennent de rivière et non de fossés; il ne dit rien, mais, à part lui, il se promet de se convaincre de l'infidélité au traité et de punir le philistin. Il se met en observation, et acquiert la preuve de l'infraction qu'il soupçonnait. Une demi-heure après, Constant, à l'aide d'un croc amarré à une forte ficelle et traînant dans la vase, retire toutes les lignes de Charlot et les confisque à son profit. Le lendemain, Charlot ne sait à quoi attribuer la disparition de toutes ses lignes. Il passe la journée à en confectionner de nouvelles, les apprête et les jette le soir même. Le lendemain, à cinq heures du matin, il ne les retrouve plus de nouveau. Il raconte sa mésaventure à Constant. Constant s'amuse des détails de Charlot et lui dit enfin :

— Tu tu tu ne fais pas tes chevilles a a a assez longues, s'il te vient un un bro bro brochet un peu fort, il n'a pas pas pas pas d' mal d'en d'en d'enlever ta ligne et et et d' s'en aller avec surtout un un un esturgeon.

Charlot entend ce nom pour la première fois; il ne veut pas paraître ignorant, et n'ose demander à son camarade ce que c'est. Il se contente de lui dire :

— Ah! tu en as déjà pris, des esturgeons?

— Parbleu, l'an passé, j'en, j'en, j'en ai pris trois au pont Malin, plus gros que, que, que, que ma cuisse, et plus forts que, que, que des enfants.

Charlot écoute ces récits avidement; il frémit de plaisir à l'idée de pouvoir prendre un esturgeon.

Quelle fête ce serait pour sa tante Rosalie !...

— Mais comment pêches-tu ce poisson? demande Charlot sans avoir l'air. C'est aussi avec des grenouilles ou des goujons?

— Non. Ah sacrebleu! les es, es, esturgeons sont plus gou, gou, gou, gourmands que ça.

— Qu'est-ce que tu mets?

— Qu' ça te fait?

— Ah! si tu n' veux pas mel' dire, rest' là.

— Je, je, je veux bien te, te, te l' dire, mais à con, con, condition que tu, tu, tu, tu n'en parleras à, à, à personne.

— Dis mel; j' te l' promets.

— Pour attraper des es, es, esturgeons, c'est avec des, des, des œufs durs.

— Des œufs durs! exclame Charlot.

— Oui, des, des, des œufs durs. On, on, on en met un à, à, à chaque hameçon, et, et l'es, l'es, l'esturgeon qui en est fou croque le, le, le premier qu'il attrape co, co, co, comme une noisette; mais au, au, au douzième sou, sou, sou, souvent il, il, il est pris.

Le dernier que, que, que j'ai pris l'an, l'an, l'an, l'année passée, m'a cro, cro, croqué six car, car, quarterons d'œufs;

je l'ai ven, ven, vendu, dou, dou, dou, douze francs à, à, à Cambrai.

Charlot brûle de quitter Constant. Il lui demande encore d'autres détails, et revient chez la tante Rosalie ravager poulailler et provision d'œufs. Il les fait cuire durs dans un chaudron d'eau bouillante à l'insu de sa tante. La pauvre femme aime les œufs frais le soir; elle ne peut plus mettre la main sur un seul, et se plaint aux voisines que ses poules ne pondent plus.

Charlot garnit une ligne de douze hameçons chaque soir avec douze œufs durs. Il en est au quatrième quarteron et va à la quête et à l'emprunt chez les voisins et amis de sa tante.

— Ma tante Rosalie m'envoie chercher des œufs à lui prêter, ce que vous avez jusqu'à demain, elle vous les rendra.

Inutile de dire que Constant était à l'affût. Aussitôt Charlot retiré, il décrochait douze œufs chaque soir et les rapportait chez lui pour être mangés en salade.

On lui demandait d'où ça lui venait. Il riait sous cape, et ne répondait pas.

Charlot ne retirait rien de ses œufs qu'il pensait dévorés par l'esturgeon.

Un matin pourtant, le cœur lui battit bien fort.

Il sentait sa ligne plus lourde à amener.

C'était une vieille botte remplie de vase.

Charlot, cependant, avait un espoir et une confiance, disons mieux, un désir tellement grand de faire une pêche aussi remarquable, qu'il sacrifia une centaine d'œufs et en aurait exposé bien d'autres sans le dénoûment suivant :

Madame Delcourt, unique marchande de poisson de mer à Bouchain, reçut un vendredi matin, entre autres paniers de marée, un colis un peu plus grand que les autres. Cette claie, lors de son ouverture faite en présence d'une autorité friande de la ville, exhala une odeur fétide et répulsive. On regarda. Il n'y avait qu'un énorme cabillaud, trop avancé pour être mangé.

Thimothée le garde de police fit prendre le panier sur un signe de M. B... et fit jeter ce poisson au puisard situé à la sortie de la ville haute.

Constant, sans avoir l'air, attendit que tout le monde fût retiré. Il avait regardé le poisson s'enfoncer péniblement sous le pont : il descendit à une vanne, le repêcha et le cacha sous la haie d'un petit jardin situé entre les deux ponts. Ce jardin formait un petit triangle et appartenait en jouissance à l'éclusier.

Constant avait une idée.

Quand le soir fut venu, il alla prendre ce cabillaud par les ouïes, le lava à grandes eaux, ôta la paille qui remplissait la cavité du ventre de ce poisson, la bourra de sable cru et recousut la peau avec tant d'adresse qu'on ne pouvait soupçonner la fraude.

Le soir, vers dix heures moins un quart, il courut aux lignes de Charlot, recueillit les œufs durs et engagea au dernier hameçon le cabillaud qu'il portait, de manière à ce qu'il ne pût s'en échapper.

Ce poisson ainsi arrangé pesait vingt-cinq à trente livres. Le lendemain, Constant était à l'affût, caché dans les herbes de la digue opposée du canal pour jouir à son aise de la mine du pêcheur.

Charlot, arrivé une demi-heure après, alla de suite à la ligne aux œufs durs, détacher le pieu qui la retenait et la tira doucement à lui. D'abord il devint rouge comme une cerise en sentant le poids qu'il ne voyait pas; puis, tout à coup, il pâlit d'une manière effrayante. Il venait d'apercevoir une tête comme celle d'un requin, la gueule ouverte; plus, deux yeux jaunes et transparents.

Charlot fit un cri involontaire et mit la main gauche sur sa poitrine pour comprimer les battements de son cœur, puis il descendit doucement dans l'eau, sans ôter ni souliers, ni bas, et fit arriver à quelques pouces de lui l'énorme poisson dont il avait presque peur.

— Un esturgeon! disait-il, un esturgeon!... et il remerciait dans son cœur tous les saints du paradis.

J'en appelle à ceux de mes lecteurs qui ont goûté et pris plaisir à l'exercice de la pêche, pour leur faire apprécier, s'il est possible, la révolution qui se fit dans tout l'être de Charlot, quand il vit ce poisson au douzième arrêt de sa ligne! Il y avait de quoi devenir malade de joie, de plaisir, de bonheur.

Charlot, oppressé, haletant, riait, râlait ; ses jambes flageolaient, son cœur le frappait à l'intérieur des deux côtés.

Enfin, ne voyant plus remuer le poisson, il le crut mort et en fut bien aise. Il plongea la main gauche sous l'eau, l'introduisit dans une des ouïes de ce monstre, et rappelant ses forces, le hissa tout à fait hors, jusque sur la digue, puis cueillit à la hâte un bâton d'aulne, en traversa ce poisson aux ouïes, le chargea sur l'épaule et revint avec chez sa tante, par le pont des Vaches, essoufflé, mais triomphant.

— Ma tante, ma tante, ma tante !... un esturgeon, là !..., pris par moi ; voyez, tenez... Il entraîne sa tante, bon gré malgré, à la cuisine, et lui montre le poisson colossal étendu sur le carrelage ; ce cétacé commence à infecter de nouveau.

La tante Rosalie, à la vue des ouïes livides de ce poisson, se baisse et regarde de plus près, l'odeur la blesse en même temps.

— Saligot ! où as-tu encore été repêcher cette ordure-là ? (La tante Rosalie emploie sans le vouloir le terme technique.) C'est un cabillaud, un poisson de mer putréfié. Veux-tu bien ne pas toucher ça et le traîner dehors de suite, vilain polisson ; tu ne m'en feras jamais une belle, va ! Et elle se retire pour se soustraire à l'infection répandue par le prétendu esturgeon.

Charlot comprend tout ; atterré, humilié, il serre les poings et, pourpre de colère, pendant quatre jours évite de rencontrer Constant.

Il pria sa tante de ne rien dire ; elle le lui promit et tint parole.

<hr>

CHAPITRE XLII.

CLAQUOT : — Monsieur l' curé, vous
avez là du pain ché comm' d'el tarte !...
On n' se lasse jamais d'en manger.
LE CURÉ. — J' vois ben, j' vois ben,
j' m'en n'aperçois ben !...

Le notaire cède aux prières de son plus jeune fils, il écrit au père Perlin, son voisin, l'engageant à venir prendre le café chez lui, le lendemain vers deux heures. Il a, dit-il dans sa missive, à le prier de donner ses soins et ses conseils à son fils. Il espère, etc.. etc.

Perlin envoie la réponse par la Poule.

Cette réponse se traduit par une carotte et un petit pot d'eau qu'elle apporte au notaire en lui disant : M. D..., pépère envoie cela pour allonger votre pot-au-feu, il viendra pour dîner.

Le notaire sourit, embrasse la Poule et la charge de ses remercîments pour l'attention du père Perlin.

Le dîner est vite terminé, il n'en est pas de même du dessert. Perlin vante fort le fromage, il lui rappelle celui du Grand-Fayt, qu'il aimait tant à savourer dans sa jeunesse. Il veut savoir où le notaire s'approvisionne de beurre. Le pain lui semble préférable au gâteau. Il retient des greffes des pommiers qui ont produit les calvilles qu'il mange en écolier. Il est probable qu'il se brouillera avec le notaire, s'il ne lui donne pas l'adresse où il prend ses biscuits, et il refusera de donner ses leçons au petit bonhomme, dit-il, si son père ne lui indique pas la main qui confectionne des macarons, dont il ne laisse aucun fragment sur l'assiette de service. Et cette manière d'être et de se comporter est celle qu'il croit, d'accord avec sa gourmandise, la plus propre à se concilier l'estime et flatter l'amour-propre de ses hôtes.

Après le café, le pousse-café, gloria, rincette et sur-rincette, le notaire aborde le sujet.

— Vous enverrez, dit le père Perlin, vous enverrez le gamin tous les matins, à onze heures, et nous verrons si on peut le faire patiner ; mais qu'il prenne garde à lui, car je ne le manquerai pas (recommandation qui fait trembler l'enfant jusque dans la profondeur des entrailles). Ce disant, il saisit le moutard par le bout du nez et lui en

tord l'extrémité, après lui avoir préalablement demandé s'il a bu assez, sotte et plate plaisanterie que le notaire n'ose cependant désapprouver tout haut.

L'enfant a le nez rouge et le cœur gros. Il a comme un pressentiment que ses leçons lui coûteront cher. C'est ce que nous allons voir tout à l'heure.

<hr>

CHAPITRE XLIII.

Maudit piano !

Chansonnette.

Le nouveau logement du père Perlin se compose d'une chambre basse en entrant, d'un carré à droite, où se trouve une échelle de meunier conduisant au premier étage ; une chambre au-dessus de la pièce du rez-de-chaussée, et au même plan deux mansardes ; en suivant, une troisième mansarde convertie en pigeonnier ; le dessous de l'échelle sert pour remettre le charbon, le bois, les légumes et autres grosses provisions.

Le jeune néophyte grimpe à l'échelle tous les jours à onze heures prendre sa leçon de clavecin.

Jusqu'à présent il n'a reçu que quelques calottes sur les oreilles, et se familiarise, bon gré mal gré, à ce régime pressenti. Tel est son désir d'apprendre, qu'il ne dit rien à ses parents des brutalités de son maître ; aussi prend-il garde à lui. Il entend encore la recommandation de l'organiste, et travaille de manière à mériter des témoignages de satisfaction de la part d'un tout autre professeur.

Il arriva qu'un jour l'élève, en l'absence, du maître passa le temps de sa leçon à répéter sur le clavecin du père Perlin le thème qu'il devait exécuter pour tâche.

Qu'était donc devenu le père Perlin ?

Voici :

La dame de l'auditeur danois s'étant informée s'il y avait à Bouchain quelqu'un capable d'accorder son piano, on lui avait nommé le père Perlin comme seul à même de lui rendre ce service dans le canton, et, sur ce renseignement, avait fait appeler chez elle le vieil organiste.

Voici ce qui se passa à cette occasion. La scène vaut la peine d'être décrite ici.

— Vous savoir accorder piano ?

— Oui, madame.

— Vous avoir accordé déjà piano ?

— Certainement, madame. Ici le père Perlin ment ; il n'a jamais vu de piano, et, d'après ce qu'il en a entendu dire, pense que c'est un clavecin perfectionné. Il répond avec une imperturbable assurance.

— Vouloir accorder tut de suite le piano à moi bien agréablement.

— Voyons, où est-il ?

La Danoise l'introduit dans son salon et découvre un meuble formant un carré long, supporté par quatre pieds assez frêles terminés en pointe, le tout en acajou ronceux et à baguettes de cuivre sur les angles, l'ouvre et invite du geste Perlin à s'approcher.

L'organiste s'avance, se penche, et ne voit rien qu'un châssis d'étouffoirs. Une fausse table d'harmonie recouvre les chevilles et les cordes. Perlin s'approche, s'assied et essaie de préluder. C'est la première fois qu'il se trouve en présence et en contact avec ce nouveau mécanisme ; aussi son jeu ne ressemble à rien moins qu'à ce qu'il pourrait produire s'il en avait l'habitude. Il est dix heures. Le déjeuner est servi. La Danoise quitte le père Perlin en lui recommandant de bien soigner l'accord.

Perlin a apporté une petite clef à accorder les épinettes. La table d'harmonie qui recouvre les cordes et chevilles du piano est si bien adaptée, que le père Perlin ne sait si c'est une seconde caisse ou couvercle, ou si cela fait partie de l'instrument. Il ne voit pas de chevilles. Et cependant, pense-t-il avec raison, il faut arriver aux chevilles pour accorder, et je n'oserais jamais demander à cette dame comment on lève cette partie-ci...

Après une demi-heure d'étude, il acquiert la conviction que cette pièce doit pouvoir s'enlever.

Il essaie aussitôt, réussit, et pousse un soupir de satisfaction. Il voit des cordes serrées l'une à peu de distance de l'autre, d'un calibre dont il ne soupçonnait pas l'existence ; d'épaisses et fortes chevilles en rapport avec la grosseur des cordes. Le père Perlin, avec sa petite clef, ne pourra jamais tourner ces fiches-là.

Il y a trois cordes au piano. Le père Perlin ne connaît pas l'usage du coin et n'isole pas les sons. Il interroge de l'ongle les trois cordes pour les accorder à l'unisson selon son oreille.

A la troisième cheville qu'il aborde, le canon de sa clef se fend et tourne sur l'arrêt de la cheville sans la bouger. Il va trouver le fils Bourgeois, fin ouvrier, et lui dit son embarras.

Le canon de la clef est refait et renforcé d'une virole brasée ; c'est solide, le serrurier le lui a assuré.

Perlin revient à sa besogne. Il est midi, il n'a rien fait encore.

La Poule vient lui dire :

— Pépère, la soupe est sur la table ; on attend après vous.

— Qu'on dîne sans moi, et qu'on tienne mon dîner chaud, répond Perlin ; je ne puis pas quitter maintenant.

Perlin est arrivé à accorder cinq ou six notes à peu près. La croisure de sa clef est un petit marteau d'environ deux pouces et demi d'envergure ; d'un côté est une petite masse pour enfoncer les chevilles ; l'autre côté est terminé en pointe pour faire les œillets des cordes.

Les grosses chevilles du piano offrent une résistance qui fait entrer la pointe du marteau dans la paume de la main du père Perlin.

Vaincu par la douleur qu'il ressent, il se hâte de retourner à la forge prier le même artiste de lui adapter une croisure plus longue et plus forte. Il montre sa main droite toute meurtrie à l'intérieur.

Une heure est encore employée pour cette modification faite sous la direction, sous les yeux de Perlin.

De retour au piano, il se dit : Cette fois au moins ça pourra marcher.

Il en est à sa septième note, lorsque la bonne vient auprès de lui avec un jeune enfant sur les bras, criant, causant en monologue avec cet enfant :

— Accoutez la belle musique ! Accoutez, main nou nou ! Q'cha est joull !... Dine, dine, dine... Ch' est biau, cha ! hein ? Faites dine, dine, dine, mon gueux, dine, dine, dine... dine, dine, dine, caintez comme un biau bichon : dine, dine, dine...

Elle rit : Ah ! ah ! ah ! ah ! ah ! de plus en plus fort et en élevant le diapason de son fausset. Dine, dine dine.

Impossible au père Perlin de saisir une nuance de son. Cette fille est de Rœulx, elle a une voix de tête soprano contre-aigu.

Après un quart d'heure d'une impatience bouillante, Perlin, qui ne se contient qu'avec les plus grands efforts, se décide à lui demander :

— Ah çà, est-ce que vous allez rester ici ?

— *Awi...*

— En ce cas, vous ferez bien de vous taire ; je ne peux pas travailler comme ça.

— *Wétiez ain pau ! chou q' ch'est ! y faudrot que j' main wache à ch't' heure ! mi toudi toudi, v'là eune saquoi drole !... et chel dame ; busiez ain pau chou qu'al dirot !...*

— En ce cas, taisez-vous.

La fille se tait, mais le marmot qu'elle n'amuse plus se met à vagir de toute la force de ses poumons. La bonne va tambouriner sur les vitraux, agite les pincettes, fait plus de bruit que l'enfant pour l'apaiser.

Perlin se ronge les lèvres et fait une danse nerveuse sur son tabouret. Il pense à son dîner... Il est près de deux heures. Il ne peut cependant quitter la besogne ainsi. Il jette au plafond un regard de détresse. Le plafond semble l'avoir exaucé. La maîtresse sonne la bonne, Perlin lui donne sa bénédiction, exhale un soupir de soulagement et reprend sa besogne. Il a fait bientôt deux tiers d'octave quand il est encore interrompu par le son prochain d'une vielle.

C'est un Savoyard. Il est à la fenêtre sur la rue, et joue de sa vielle en gambadant et tendant la main par intervalle.

Perlin le menace, l'enfant ne comprend pas et joue de plus belle. Perlin se décide à s'exécuter. Il ouvre la fenêtre et jette deux sous à la figure du Savoyard en lui faisant signe de se retirer.

Le Savoyard ne voyage pas seul, il montre à son camarade, mendiant dans la même rue, la pièce de deux sous qu'il vient d'obtenir.

Le camarade ne se le fait pas répéter, il accourt faire ronfler à son tour sa vielle à cette fenêtre. Le père Perlin lui montre ses deux poings à la fois ; s'apercevant cependant que ce n'est plus le même individu, il se décide, après réflexion, à user du même moyen pour l'éloigner que celui qui lui a réussi avec le baladin précédent. C'est encore une pièce de deux sous qu'il donne, bien à regret, je vous prie de le croire. Le malheureux n'a pas de petits sous sur lui, mais bien en tout cinq pièces de deux sous.

Il se rassied.

— Au moins cette fois je pourrai peut-être... Bah ! ouiche, qu'est-ce qu'on entend encore, et dont le bruit se rapproche insensiblement ?

C'est un aveugle, il joue de la clarinette, et marche très-lentement, précédé d'un caniche ; sa suivante pourchasse.

Perlin se démène, se tord sous l'effort de ces contrariétés. L'aveugle mettra une forte demi-heure pour traverser la rue avec sa canardière.

La pourchassante présente son gobelet de fer-blanc à la fenêtre. Perlin s'y précipite.

— Je vous donne deux sous pour vous éloigner de suite, je vous en prie.

— Vous êtes bien honnête, répond la femme en mettant la pièce dans sa poche, nous dirons une prière pour vous.

L'aveugle n'en va pas un pas plus vite pour cela. Perlin se morfond et se dit :

— Je n'en finirai donc pas.

La Danoise descend.

— J'avais oublié de dire à vous de monter le piano au diapason. Vous avez un diapason ?

— Oui, madame.

— Moi voulai absolument, pour chanter le soir, grande compagnie.

Perlin revient en hâte chez lui, met tout sens dessus dessous pour chercher son diapason qu'il ne trouve pas. La Poule court chez Furcy et rapporte ce que son oncle lui a donné.

C'est une flûte en bois, munie d'un tampon mobile faisant coulisse. Chaque degré donne un son ou ton différent, selon qu'il est marqué sur le cran.

Perlin retourne avec ce diapason.

La dame danoise rit fort de cette petite machine, n'ajoute pas trop de foi à l'identité de ce *la*-là, et pour le confronter avec le sien renfermé dans une petite boîte disposée au côté gauche du piano, fait sonner cette fourchette en acier avec le bout de la clef à accorder également serrée dans cette cassette, et il se trouve que la note que donne la fourchette correspond au *si* naturel de la vieille flûte, laquelle était au ton de chapelle, un ton plus bas.

— Voilà, dit la dame danoise, en touchant le *la* du clavier de la main droite et faisant sonner son diapason de l'autre main. Vous, monter cette note un quart de ton et accorder ensuite.

Perlin trouve que c'est beaucoup plus haut que sa flûte, mais ne fait pas d'objection, il essaie la clef de la cassette, cette clef s'adapte parfaitement et va abréger son travail.

— Ah ! si j'avais pu prévoir, pense-t-il, qu'une boîte était là si bien dissimulée !...

Enfin, il recommence péniblement son travail, se levant pour conduire les cordes du doigt ou lire les initiales allemandes des lettres qui correspondent au nom des notes.

La bonne rentre avec le poupon ; elle n'a pu l'apaiser qu'en lui donnant son tambour et son sifflet. Le marmot est très-fort sur les deux instruments, au désespoir de Perlin, qui mande la dame et la prie d'envoyer sa bonne loin de là, ce qui est commandé.

Perlin a repris un nouveau courage ; il a le ventre flasque et le cerveau fatigué. Dans ses hallucinations, il voit un potage dressé et fumant, des pigeons, des ris de veau, des tranches de gigot sanguinolentes polker autour de lui et lui tirer langue.

Un vitrier vient remettre un carreau étoilé; cela dure quinze minutes.

Le domestique arrive à son tour pour dresser la table.

En voilà un qui ne se gêne pas pour l'accordeur !

Avec ses piles d'assiettes réparties ou jetées les unes sur les autres, ses plats, verres, couverts, carafes et toute la vaisselle, il vous fait un bruit étourdissant, lequel ne cesse qu'après vingt-cinq minutes.

La Poule revient dire que la soupe s'épaissit, que les pigeons se braisent et se raccornissent au four.

Perlin la met à la porte.

Il est aux deux tiers de sa besogne; mais qui vient encore suspendre et retarder l'achèvement de son travail, l'inonder d'une sueur de découragement?...

C'est un orgue, cette fois; il s'est établi en face du logement du major danois habitant la même maison que l'auditeur.

Cet orgue de Barbarie, aux registres criards, est tourné par un petit homme noir à la mine jaune et souffreteuse.

La femme dont il est accompagné a un mouchoir artistement drapé sur la tête, un tour de cheveux noirs, un nez retroussé, un regard éhonté; elle tient des cahiers de chansons d'une main et un tambour de basque de l'autre; elle s'appuie du coude sur la tablette de l'instrument.

L'orgue dit une ritournelle; le petit homme noir pousse les registres criards et chante en s'accompagnant :

> Depuis longtemps, gentille Annette,
> Tu ne viens plus sous la coudrette,
> Danser au son du chalumeau ;
> Lorsque tu quittes le hameau.
> Fuyant les plaisirs de ton âge,
> Tu vas rêver dans le bocage.
> Dis-moi pourquoi ?　　(Bis.)
>
> *Du Chaperon.*

— Je voudrais lui voir son orgue rentré dans le ventre, à celui-là ! marronne Perlin.

Pendant que le petit homme chante, sa femme lui dit :

— Tâche donc de chanter autrement que ça, Benoît; il me semble, ma parole d'honneur, que j'entends un basson... Donne, que je tourne à mon tour... Tu jetteras une chanson, en mettant une pièce de deux sous dedans, à ce vieux singe rouge, là-haut, à cette fenêtre, tu vois? cette espèce de homard qui fume avec une perche aux zharicots... Ah!... comme tu infectes le rogomme!... T'en s'ras-tu encore raboté le bocal à c' matin, vieille ganache!...

La femme s'avance, s'empare de la manivelle et chante à son tour, en réponse au couplet de Benoît :

> Dansez, jeunes compagnes,
> La ronde des montagnes;
> Un jour, un jour vous saurez comme moi,
> Un jour (bis) vous saurez pourquoi.]

Le mari, pendant ce temps, a pris sa revanche.

— Tu peux bien parler, toi, espèce de grenouille, avec ta voix de marmite fêlée, et encore avec ça que tu montres tes chicots teints à l'essence de café! Montre donc ta trogne à c' vieux griffon-là, j' paye un p'tit verre, s'y n' crache pas d'sus!

— Demandez, messieurs, mesdames, le recueil complet ne coûte que deux sous.

— Nous allons vous chanter, dit Benoît, ce qu'une fille doit éviter; d'après quoi nous vous chanterons ce qu'elle doit faire... Tourne donc, toi, et plus vivement, rossarde...

PREMIER COUPLET.

> A peine eus-je atteint l'âge
> Où fille peut aimer,
> Qu'un berger du village
> Tenta de m'enflammer.
> Ah! gardez-vous, bergerette, ⎫ *Bis.*
> Bergerette, gardez-vous d'aimer. ⎭

— Après celle-là, une autre... Ensuite, une quatrième... Finalement :

> Colin et Colinette
> Dedans un jardinet, etc.

Perlin, n'y tenant plus, sort, et marchant droit à l'organiste à tour de bras, le conjure d'aller autre part jouer et chanter.

— Qu'est-ce que dit ce vieux porc-épic-là? demande la *prima donna*.

— Je ne sais pas, répond Benoît pendant un soupir.

— Si c'est des chansons, mon vieux, tenez, en voilà un cahier; c'est deux sous. Voyons, dépêchons.

Perlin suffoque de colère, prend le cahier de chansons, le déchire en quatre et en jette les pièces au nez retroussé de la chanteuse.

A cette vue, Benoît lâche la manivelle, et pendant que le soufflet de l'orgue se vide en gémissant sur les notes ouvertes, saute au collet de Perlin en l'apostrophant :

— Ah! vieux brigand! tu oses insulter mon épouse, toi !

Le major rit à se tenir les côtes.

Constant est à sa porte occupé à nettoyer son fusil. Il s'élance sur la scène, renverse le coffre organisé, les tréteaux et la recette, les cahiers de chansons jonchent la rue. D'un coup de poing sur la mâchoire de Benoît, il dégage son père, et du pied expédie la chanteuse sur son mari, lequel ne paraît pas décidé à se relever de quelque temps.

Le père Perlin retourne au piano de la Danoise, Constant à son fusil.

La camuse s'est relevée la première et aide son mari à se remettre sur son séant. Ils enlèvent le coffre de Barbarie, dont la manivelle s'est tordue dans la chute; plus moyen de faire de musique sans le forgeron. Le couple recueille ses cahiers de chanson, interroge les ruisseaux, dans la mare desquels une partie du numéraire de la vente a roulé, et après dix minutes, s'éloigne en vociférant des injures et des menaces dont Constant se gaudit avec le major, son voisin.

Perlin, au piano de la Danoise, se ressent de la commotion qu'il a éprouvée.

Dans son extrême agitation, il se trompe et pose la clef sur une cheville qui n'appartient pas à la note qu'il accorde. Il tourne, et la corde présumée ne monte pas; il tourne encore : clacq! la corde casse.

Nous ne dirons pas l'abattement dans lequel cette méprise plongea le père Perlin.

Pour remettre cette corde ou une autre à la place, combien il fallait de temps encore ! Perlin n'avait que des cordes d'épinette, cordes fines comme des cheveux; heureusement, il y en avait trois bobines dans la cassette.

Perlin put parvenir, après s'être macéré les doigts, à faire quelque chose comme un œillet; mais il ne put venir à bout de rouler et faire tenir la corde sur la cheville.

Dans ce temps, les chevilles n'étaient pas trouées et Perlin était à bout.

Il alla retrouver le fils Bourgeois, lequel fit un cran à la cheville, prit un étau à main, et se modelant sur les autres cordes roulées, tira le père Perlin d'embarras.

Le piano fut à peu près d'accord à sept heures du soir, au moment même où la société affluait de partout.

La Danoise s'impatientait aussi.

Perlin se leva enfin et s'exclamant d'un air brisé :

— C'est fini, dit-il.

La dame essaya, parut assez contente et demanda :

— Combien moi vous devoir?

— Madame, je laisse ce soin à votre générosité.

La Danoise sortit et rapporta quelque chose de pesant, renfermé dans un papier.

Perlin s'inclina jusqu'à terre, prit ce qui lui était présenté et se retira en offrant ses services pour une autre fois.

De retour chez lui, la faim le pressait trop pour songer à

autre chose qu'à la satisfaire. Il se restaura le mieux possible. Le potage n'avait plus de partie liquide et le pigeon croustillait.

Quand Perlin monta pour se coucher, quand il vida ses poches, il ouvrit le paquet avec un frisson de joyeuse inquiétude.

Voici la mesure de la munificence de la dame étrangère.

Le papier contenait *sept gros sous.*

Total général, soixante-dix centimes.

C'est en vain qu'il fouilla et retourna les poches de sa culotte, de sa veste. Dans sa stupeur il ne pouvait croire qu'on avait osé...

Il descendit avec un bougeoir allumé, visita la chambre et la place où il s'était assis pour dîner, ouvrit la porte et hasarda quelques pas dans la rue.

« Rien !... rien !... Au fait, réfléchit-il, le papier était plié, » et mes poches sont en bon état... — Quelle audace !... » Qu'elle y revienne. Imbécile que je suis ! m'en rapporter à » la générosité d'une péronnelle de cette race !... Comme si » ça savait ce que c'est d'être généreux... A mon âge !... » Est-ce vexant?... Encore une leçon de plus. »

Le père Perlin en aura pour trois jours à méditer.

CHAPITRE XLIV.

Considérez le triste sort
D'Absalon pendu par la nuque.
Chauve, il eût évité la mort
S'il eût porté perruque.

Une enseigne de coiffeur.

Le lendemain Alexandre se présente pour prendre sa leçon de clavecin, le père Perlin se trouve sous l'influence des déceptions et tribulations de la veille.

—Tu viens bien tard, dit il à l'élève, en lui secouant rudement l'oreille, bien qu'il ne soit que l'heure à peine. Allons, dépêche-toi, et ne grogne pas.

Alexandre va redire la leçon qu'il devait essayer la veille, et qu'il n'a pas répétée attendu l'absence du maître.

Ce n'est pas cela, crie le père Perlin en frappant du pied ; c'est la leçon que tu devais exécuter hier, ça ; et voilà, fait-il en retournant le feuillet, ce que tu as dû étudier pour aujourd'hui.

Alexandre ne sait rien de cette leçon qu'il n'a pas vue. Il tremble, il hésite, il patauge.

Le père Perlin ne se possède plus.

— Ah! vaurien, tu te moques de moi, paraît-il?

Et il empoigne l'élève par le collet de sa veste, à l'endroit de la nuque, l'enlève de son banc, le porte à bras tendu jusqu'au palier où se trouve l'échelle de meunier, le suspend un moment au-dessus du vide, et en même temps qu'il lui touche le bas des reins du bout de son soulier, le lâche dans l'espace sans que l'enfant puisse compter les crans de cette échelle autrement qu'avec l'échine du dos. Ce rabotage a eu pour résultat d'enlever l'épiderme de l'épine dorsale du jeune individu, et de ramasser sa veste, son gilet et une partie de sa chemise à la hauteur de sa cravate.

Jamais Alexandre n'a franchi un escalier aussi prestement. Il est arrivé presque debout sur les talons, adossé contre l'échelle ; il reste là, hébété, tout perclus ; ce que le père Perlin remarquant, il lui jette encore la méthode sur la tête et va sans doute lui envoyer le pupitre et le tabouret, ce que l'élève trouve la force d'éviter par une prudente et prompte retraite, non sans toutefois ramasser sa méthode.

La mère de l'enfant s'aperçoit du désordre d'accoutrement dans lequel son fils est rentré ; elle veut en connaître la cause. Elle l'interroge, et à la vue des érosions cutanées dont le dos de son enfant est illustré, appelle son mari et somme Alexandre de lui dire la vérité. Celui-ci raconte tout, et le régime auquel il a été précédemment soumis.

Les parents déclarent à l'enfant qu'il ne prendra plus de leçons de clavecin. Il s'amusera comme il pourra aux heures de récréation sur cet instrument, son père le lui abandonne.

L'enfant use et profite seul dans la suite de cette permission. C'est à peine si on peut lui faire manger un peu de soupe à midi. Il fait ses repas dans son clavecin secrètement converti en garde-manger. Il y dépose des tartines, des pommes, des noix, etc. Il dérobe les bouts de chandelles qui lui tombent sous la main pour se livrer le soir à l'étude du clavicorde. C'est une véritable passion...

C'est un jeudi au matin que le père Perlin a exercé sur son élève cette réprimande barbare et imméritée.

La mère d'Alexandre a lavé les plaies du dos de son fils avec de l'eau saturée de sel ordinaire, et après avoir rapproché les petits lambeaux de l'épiderme, y a apposé une bande de batiste induite d'un liniment composé d'eau-de-vie, de savon noir et d'ivrogne effeuillée.

L'enfant crie pendant dix minutes, après quoi il essuie ses larmes, dîne de bon appétit et s'esquive comme si rien ne le gênait pour se livrer sur la terrasse de la place au divertissement du jeu de *toupie,* jeu auquel il excelle et qu'il préfère aux autres.

Il rencontre quelques camarades, ils forment une partie quatre contre quatre.

Alexandre tient ses adversaires depuis une heure dans le rond ; il en sort trois toupies à lui seul et laisse fort peu de chose à faire à ses autres partners.

Les patients paraissent devoir souffrir encore longtemps.

Le père Perlin paraît près de l'église : — Alexandre ! s'écrie-t-il de sa voix caverneuse, et l'enfant, tressaillant aux accents de cette voix formidable, quitte le jeu avec un inexprimable regret, emportant sa toupie et son cordon qu'il fourre à la hâte dans une de ses poches.

Le père Perlin lui a fait un signe d'amener pavillon en baissant l'index vers ses pieds, comme on ferait d'un chien, ce qui veut dire : Ici !

Alexandre ne réfléchit pas qu'affranchi par le fait des ordres de son professeur, il peut narguer menaces et férule ; un reste d'habitude et une terreur invincible le font obtempérer au signe.

Il s'agit de monter aux orgues et d'y souffler pendant la cérémonie d'un baptême, usage que le père Perlin a introduit à Bouchain, pour augmenter d'autant les petites ressources des éventualités de sa place.

L'orgue de l'église de Bouchain, à cette époque, était alimenté par deux soufflets à bascule d'une manœuvre assez fatigante.

Les grands bras des bascules étaient abaissés alternativement par le même individu, et se rabaissaient à mesure que le vent était absorbé par le jeu de l'orgue. Une personne de vingt à trente ans s'acquittait assez facilement de cette besogne ; mais il n'en était pas de même d'un enfant de douze ans, il lui fallait se pendre aux bouts des bascules et peser du poids de tout son corps pour les baisser. Une de ces bascules, la plus rapprochée du clavier de l'orgue par sa position, frisait de très-près le dos de l'organiste et s'élevait, quand le soufflet était vide, à sept ou huit pieds environ.

Alexandre s'essoufflait à souffler depuis sept à huit minutes, pendant que le père Perlin redisait pour la centième fois les rengaines de son répertoire consacrées aux baptêmes. Perlin avait protesté contre la nouvelle mode (la coiffure à la Titus) et avait conservé sa queue. Cette queue frémissait et oscillait sur le collet de la capotte gris de fer du père Perlin, selon l'entrain de son jeu.

Alexandre aperçut tout à coup un jeune homme plus âgé que lui d'une dizaine d'années.

Ce jeune homme, à la faveur de la porte laissée entr'ouverte, s'était introduit à pas de loup jusqu'à la tribune et faisait à Alexandre des signes de discrétion.

Quand ce nouveau venu fut près du jeune souffleur, il lui tira la ficelle qui sortait un peu de sa poche, et en ayant relié solidement les deux bouts, fit un lacet d'un côté, souleva avec les plus grandes précautions l'extrémité de la queue de l'organiste, passa le lacet autour de cette queue, et, l'ayant serré légèrement, laissa pendre le reste de la ficelle sur le dos du père Perlin.

Alexandre regardait tout cela avec une espèce de stupeur et interrogeait du regard le grand garçon dont l'esprit et l'espièglerie inventive étaient connus autant que redoutés. Il ne pouvait comprendre encore ce qui allait se passer : cela ne tarda pas. Ce grand garçon, ayant préparé en lacet le bout de ficelle double dont l'autre extrémité était amarrée à la queue du père Perlin, attendit que la bascule du soufflet, qui remontait derrière, fût à la hauteur convenable pour y passer le second lacet.

Cette opération fut faite lestement et solidement.

Le grand jeune homme s'esquiva sans bruit, faisant signe à Alexandre de le suivre.

Alexandre, tremblant de tous ses membres, comprit, mais trop tard, car la queue du père Perlin était déjà arrivée à se trouver soulevée par l'ascension de la bascule du soufflet, et il n'y avait pas moyen de conjurer l'effet de la catastrophe qui se préparait.

Alexandre comprit que tout l'odieux de l'attentat allait infailliblement retomber sur lui, attendu que le grand jeune homme avait usé de toutes les précautions possibles pour cacher son action, en dissimulant sa présence.

Il suivit donc jusqu'à la porte, le cœur plein d'un anxieux effroi, le grand jeune homme qui descendait silencieusement l'escalier, et s'étant retourné, il eut encore le courage d'examiner les péripéties de ce quasi drame.

Il vit la bascule, en remontant, tendre la double ficelle, la queue se souleva peu à peu ; quand cette queue fut dans une position horizontale, Perlin remua la tête comme si une mouche l'eût chatouillé ; mais la bascule, s'élevant toujours, commença à tirailler. Le père Perlin voulut se retourner, impossible, ça tendait trop ; y porter la main devenait trop compromettant pour son exécution.

Il se leva instinctivement, la queue retomba un peu ; il se retourna, ne vit personne, et allait se rasseoir, quand la bascule atteignant sa plus haute élévation, le tira de nouveau et cette fois douloureusement, le forçant à baisser la tête et à se lever sur la pointe des pieds pour atténuer en vain la douleur, et s'efforçant d'atteindre encore les touches du clavier dont ses doigts se trouvaient séparés seulement de quelques lignes.

— Furcy ! Furcy ! hurle le père Perlin, Furcy ! Furcy ! au secours, au secours.

Alexandre se sauva avec une espèce de fièvre à Mastaing, chez sa grand'mère, d'où on dépêcha une femme exprès pour calmer l'inquiétude de ses parents. Il y resta huit jours. Le père Perlin fut délivré de cette situation critique par le clerc et les enfants de chœur, montés en toute hâte, aux cris poussés par l'organiste.

Le père Perlin, dans le paroxysme de la colère, pleurait de ne pouvoir se venger immédiatement. Si Alexandre eût été sous sa main, nul doute qu'il ne l'eût immolé à sa fureur.

Il vint faire des perquisitions chez le notaire, muni d'une corde grosse comme le pouce.

Le notaire, surpris d'entendre accuser son fils de cette action, se rendit le lendemain à Mastaing, et, après s'être fait donner les détails de cette affaire et s'être convaincu que son fils n'était que complice involontaire de cette méchanceté, revint dire au père Perlin toute la vérité à cet égard, et combien son fils était innocent.

— Pourquoi ne m'a-t-il pas averti et s'est-il enfui ? mais tôt ou tard je le repincerai.

— Osez-le donc quelque peu ! Merci pour vos leçons. S'il vous arrive de toucher un cheveu à la tête de mon fils, ou de renouveler vis-à-vis lui quelque autre brutalité du genre de la dernière, je vous casse les reins.

Voilà ce que le notaire répondit au père Perlin. Celui-ci vit avec qui il avait affaire, et ne releva pas la menace. Il n'avait pas la taille pour riposter, et le notaire avait parlé sérieusement.

CHAPITRE XLV.

L'avare aussi quitte son coffre-fort
Quand ce fichu besoin le presse ;
Le bon mari quitte sa femme alors,
Et l'amant quitte sa maîtresse.

BÉLANGÉ.

Charlot, depuis l'affaire du cabillaud, a renoncé à la manie de pêcher à la ligne dormante. Il utilise son temps dans le jardin de sa tante, taille, émonde, bêche, ratisse, sème et s'amuse de tous les soins et travaux de l'horticulture.

Constant est toujours le roi des braconniers, narguant gardes et gendarmes, chassant à la fois gibier et poisson. Au temps où le soleil atteint le plus haut point du zénith, le brochet aime à dormir presqu'à fleur d'eau : Constant épie ce moment près des étangs, des fossés, et s'il aperçoit un de ces requins d'eau douce de taille à mériter un coup de fusil, il lui loge deux ou trois chevrotines dans la tête. Tirace, son chien, se charge du reste.

Un jour, ce chien célèbre eut à soutenir une lutte terrible contre une loutre que son maître n'avait que blessée d'une charge de plomb, et faillit être étranglé par elle. Constant, ne pouvant plus tirer sur cette loutre sans danger pour son chien, se jeta courageusement à l'eau tout habillé, et, tant avec ses mains qu'avec son couteau, acheva l'amphibie et délivra son chien. Tirace porta longtemps les traces de ce combat, où il perdit presque une oreille.

Nous n'en finirions pas si nous voulions suivre Constant jour par jour dans ses hauts et hardis faits de chasse, et consigner ici les tours diaboliques que Charlot et lui se sont repassés pendant qu'ils ont vécu ensemble dans les termes de la meilleure amitié. Ils étaient dignes l'un de l'autre et pouvaient jouer à points égaux.

Nous avons choisi ce qui nous a paru le plus propre à démontrer leur esprit, tout en égayant le lecteur. Il nous reste une dernière farce à dire. Nous hésitons cependant à la raconter, à cause de la matière qui en fait le fond. Bien que la morale n'ait rien à voir en ceci, encore est-il vrai qu'un écrivain doit respecter certaines susceptibilités et écarter de l'imagination, des dames surtout, ce qu'il ne pourrait faire passer avec tous les efforts possibles pour quelque chose de bien agréable. Tout n'est pas roses dans la vie. La douleur nous fait apprécier le plaisir. Il en est de même des gaz plus ou moins délétères qui affectent notre odorat et des parfums qui le réjouissent.

Nous savons que la théorie pratique médicale, avant Broussais, Dupuytren, Raspail, a longtemps reposé sur ces principes, et se résumait par cet aphorisme : *purgare, segnare, clysterium donare*.

Nous savons que la Faculté recommande souvent encore l'emploi de cet instrument que la science a perfectionné et que les journaux annoncent à leur quatrième page *avec brevet* sous différents noms, soit : clyso ci, clyso là, irrigateurs, etc., etc.

Nous savons aussi combien cette méthode possède d'avantages et sert la coquetterie des dames qui en abusent.

Nous savons encore l'importance que la médecine attache à la couleur, combien elle loue plus ou moins la chose. De là peut-être l'habitude de certaines personnes de juger du plus ou moins bon état de leur santé, soit par la régularité de leur démarche, soit par un coup d'œil furtivement jeté en arrière. *Vous avez un signe de santé quand, etc., etc., etc.*

Si nous examinons d'autre part, à cette quatrième page des journaux de la capitale, le point de perfectionnement où certain meuble est arrivé, on verra, ce que tout le monde peut prévoir avec moi, qu'à cause de son inodorité (breveté, s. g. d. g.), ce secrétaire, soit en acajou, palissandre, ébène, citron ou autre bois, sera admis avant peu de temps dans les boudoirs pour faire pendant au piano, ou placé en regard de la psyché.

Ces considérations jointes à cette dernière, toute-puissante et irréfragable, à savoir que nous sommes tous appelés à siéger plusieurs fois par semaine, ont diminué mes scrupules.

Nous ne sommes pas en Angleterre, où les dames, au nom seul du mot *culotte*, dérobent leur rougeur en se voilant à la hâte ou se retirent pour mieux protester encore contre un manque si grand aux simples convenances. D'ailleurs, que les dames et les jeunes filles s'abstiennent de lire le chapitre suivant si elles le veulent, et *honni soit qui mal y pense !*

Cette farce est vraiment trop drôle et trop originale pour être passée sous silence.

CHAPITRE XLVI.

Là, loin du bruit et du tracas,
. . . .
C'est un effet de la nature
Et un besoin que chacun a.

BELANGÉ.

Constant, qui ne laissait aucun coin ni recoin du terroir de Bouchain sans être fouillé, explorait ce jour-là les prairies du père X....

Ces prairies, situées derrière les écuries militaires, étaient renfermées par les haies closes des jardins différents qui les bordaient : diverses allées particulières y conduisaient.

Sur d'autres points, ces pâtures se trouvaient entourées de fossés remplis d'eau stagnante, à la mousse verdâtre, où des milliers de grenouilles coassaient l'été, formant un accompagnement de basse soutenu, aux motifs variés exécutés en symphonie par les merles, chardonnerets, coucous, pinsons, rossignols et autres ménétriers des bocages voisins.

Constant errait dans ces prairies, cherchant les gîtes ou trous des lapins sauvages, pour y apposer des lacets. Mais l'homme est ainsi bâti, qu'il faut parfois se soustraire aux occupations les plus graves pour obéir aux ordres de la nature.

Au moment où Constant sentit cette envie, il se trouvait derrière la haie du jardin de la tante Rosalie, d'où Charlot ne quittait pas quand il faisait beau temps.

Charlot, occupé à donner un peu de labour au pied de cette haie, depuis un moment avait suspendu son travail, et, appuyé sur sa bêche, guettait Constant, cherchant à deviner le motif de sa promenade dans ces prairies. Il le vit donc venir vers la haie de clôture du jardin où Charlot se trouvait, et pénétra son intention, en le voyant ôter un bouton, puis deux, trois, etc. Charlot se tint coi et ne souffla plus. L'épaisseur de la haie séparait les deux amis.

Constant ayant regardé à gauche et à droite, se croyant bien isolé, s'accroupit.

Au même instant, Charlot passa la palette de sa bêche entre les intervalles du pied de la haie et la présenta de manière à recevoir la chose probable, laquelle ne se fit pas longtemps attendre. Constant termina ce devoir lestement. S'étant redressé et ayant remis bretelles et boutons, il fit un pas pour s'éloigner, et se retourna machinalement pour juger... Mais il n'aperçut rien, pas même le papier dont il s'était servi en dernier ressort.

Le regard fixe, la main sur le front, c'était une aventure assommante et jusque-là sans exemple. Il était bien convaincu d'avoir fait un dépôt : l'empreinte de ses pieds, etc. Il y avait de quoi perdre la tête du coup. Constant eut peur, à cause de l'étrangeté et du merveilleux de la chose. Il y avait de quoi perdre la tête du coup.

Il trembla et devint livide, son sang tournait.

Il s'éloigna et revint plusieurs fois, touchant le sol, écartant les brins d'herbe ; rien, rien.

Charlot avait en temps retiré sa bêche chargée, avec silence et précaution, était entré doucement dans son galetas tout proche de là, et s'y tenait immobile, l'œil collé contre un trou formé par l'interstice de deux planches.

Constant n'eut plus qu'une idée fixe. Une secrète terreur le posséda le reste de la journée : il ne ferma pas l'œil de la nuit.

Le lendemain au matin, il finissait de s'habiller quand la Poule lui rémit un paquet qu'un garçon venait d'apporter pour lui.

Sous la première enveloppe se trouvait une lettre. Constant rappela sa nièce.

— La Poule : Lis lis lis moi ça.

La Poule lut :

Monsieur,

« Je dois vous rappeler qu'aux termes de la loi du 17 » germinal an IV, nul n'a le droit de déposer quelque objet » que ce soit sur les terres d'autrui, sans l'autorisation préa- » lable du propriétaire de ces terres.

» Je me verrais forcé de sévir et requérir contre vous l'ap- » plication des peines pour le délit que vous avez commis à » mou préjudice, si cela vous arrivait encore. Je vous ren- » voie, pour cette fois seulement, l'engrais qui vous appar- » tient, à cause de l'inquiétude qu'a paru vous causer hier sa » confiscation.

» Dans l'espoir de vous voir vous conformer à l'avenir à ce » bienveillant avis,

» Je vous salue,

» X..... »

Constant, au flair du paquet, reconnut qu'il n'avait rien de commun avec le parfum de l'héliotrope.

Il s'administra un énorme coup de poing sur la tête, et s'en alla chez le signataire de la lettre.

Il sonne. La servante ouvre.

— Mon mon mon monsieur X... est-il chez lui?

La servante est sourde. C'est un vendredi matin. Elle lui répond :

— Nous avons nos pauvres. Vous êtes assez grand et fort pour travailler ; et lui ferme la porte au nez.

Constant donne un terrible coup de pied dans la porte, et fait sauter le mentonnet de la clinche dans les jambes de la bonne qui n'entend rien, regarde en l'air d'où lui vient ce morceau de fer, le ramasse et rentre.

Constant entre aussi au moment où elle se dispose à fermer la porte de la salle à manger. Elle pousse un cri. Le père X... se lève, une serviette au cou, la figure pleine de mousse de savon, tenant à la main l'armet de Mambrin.

— Qu'est-ce qu'il y a? fait-il.

— Rien. C'est Constant Perlin, répond Barbier, lequel, à genoux sur le carreau, cherche sous un meuble son savon qui lui est échappé de la main alors que le père X..... s'est subitement levé au cri poussé par la servante.

— Fichue Gogo; pourquoi crier comme ça? C'est c'est Constant, un un brave garçon. Assieds-toi, mon mon garçon; quand Barbier en aura fini, je te te parlerai. Je connais fort bien ton ton respectable père et ta famille. Co comment vont-ils?

Constant ne répond rien.

— Ouf ! qu'il fera encore chaud aujourd'hui ! exclame Barbier en se relevant avec son morceau de savon, de blanc devenu gris, sous l'épaisse couche de sable dont il est revêtu.

— Ah! oui, répond le patient, et dire que cet im imbécile de Gogo-là, depuis deux jours, oublie de mettre une nou nouvelle tonne en perce.

— On pourrait bien la mettre tout de suite, dit à part Barbier.

— J'aurais été bien aise ce cependant de de vous offrir un un bon verre de bière, messieurs, mais la bière est tellement sur sur le fond, que je n'oserais pas me me le per- mettre. Depuis deux jours, imagine-toi, Barbier, que je je bois de l'eau, moi; oui, de l'eau.

Barbier, pendant ce temps, lave son savon; mais plus il le lave, plus le sable paraît y adhérer et le pénétrer.

Le père X... s'impatiente. La mousse se sèche sur sa face et, lui tendant la peau, lui occasionne une cuisson désagréable.

— Au fait, dit-il à Constant, qu'est-ce qui t'amène ici, mon garçon?...

— Vous m'avez envoyé ce ce ce matin le pa pa paquet d'hier, et vous m'avez é é écrit cette lettre. Je viens pour pour savoir co co co comment vous avez fait vo vo votre compte; je n'y n'y n'y n'y comprends rien.

— Qu'est-ce que tu me rabobines là, mon brave? je je ne t'ai envoyé ni paquet, ni lettre; tu tu rêves.

— Et ça? dit Constant en tendant la lettre.

— Qu'est-ce que c'est que ça?

— Vo votre lettre.

— Ma lettre? C'est un peu fort; je ne suis pas curieux. Mais... voyons donc.

Le père X... lit. Il se déride un peu en lisant, et remet le papier à Constant.

— Mon cher garçon, je n'écris pas aussi bien que cela. C'est un farceur qui a pris mon nom pour te te faire peur. Tu tu avais donc déposé du du fumier dans ma prairie?

— Fort fort fort peu; ça ne pouvait pas faire beau beau beaucoup de mal, et quand quand je me suis relevé, il n'y n'y n'y avait déjà plus rien.

Le père X... se fait redire toutes les circonstances de cette étrange aventure, et s'amuse, avec Barbier, aux dépens de Constant, qui leur demande :

— Que que que pouvez-vous penser de de de cela, mes messieurs ?

— Il n'y a que le diable qui peut avoir emporté ça en passant, dit le père X...

— Ça c'est déjà vu, renforce Barbier. Il y a vingt-deux ans que pareille chose est arrivée à un homme d'Haspres. Il est vrai que c'était un homme de mauvaise vie, ne fréquentant jamais l'église et vivant comme un chien, ne connaissant pas plus le dimanche que les autres jours, mangeant gras les vendredis et samedis, et blasphémant continuellement. Un soir, par un orage à tout casser, la foudre a brûlé sa cassine, et on a prétendu que le diable l'avait emporté, car on n'a rien retrouvé de lui depuis.

Constant, qui n'était pas sans se reprocher quelques petites infractions, n'est guère rassuré ; et, ne pouvant rien savoir de ce côté, retourne chez lui, se couche avec une fièvre chaude et un grand mal de tête.

Le lendemain son état n'est pas amélioré, tant s'en faut. Son aventure a fait du bruit.

Charlot, voyant Constant de plus en plus mal, se repent, le troisième jour, d'avoir poussé la plaisanterie aussi loin. Il n'ose encore tout dire à son camarade, mais il lui envoie Auguste. Auguste est celui qui a fait la lettre. Il rapporte à Constant comment tout cela s'est fait. Constant pardonne à Charlot, qu'il a fait appeler, et lui presse la main. — Bien bien joué, lui dit-il. Après quoi, il se met à manger et boire avec un appétit que trois jours d'abstinence ont aiguisé comme un rasoir. Cela se conçoit. Il fait vœu d'une pile à administrer à Barbier, dont le verbiage l'a terrorisé au point de le rendre dangereusement malade, et, au bout de deux jours, reprend son train de vie ordinaire.

CHAPITRE XLVII.

Hélas ! depuis ce temps le pauvre chapeau noir,
Au fond d'un vieux carton relégué sans espoir,
Pour conserver le rose, utilisé par grâce,
Bravera la tempête un dimanche à sa place.

DEVRED, *les deux Chapeaux.*

Nous touchons au terme de notre histoire.

Le lecteur se souvient sans doute de la somme que Perlin accepta à titre de prêt à intérêts, pour venir de Landrecies à Bouchain. Perlin n'avait pas fait d'économies depuis cette époque, et, vivant assez largement, s'était peu inquiété du lendemain ; il avait presque fini d'oublier cette dette quand on vint la lui réclamer.

Un huissier, un gueux d'huissier (comme les appelle Arnal) chargé par les héritiers du prêteur, vint faire les sommations nécessaires pour le remboursement d'une somme de 600 fr., s'élevant alors avec les intérêts à une somme d'environ 1,500 fr. Le père Perlin se déclara dans l'impossibilité de faire face à cette réclamation.

L'huissier se retira en disant qu'après un certain temps donné, il procéderait à la saisie mobilière et par corps. C'est en conséquence de cette menace que le grenier du vieux notaire servit de refuge aux objets les plus précieux appartenant à la famille, entre autres un clavecin, un panier plein de hardes, un autre plein de vieille faïence, et un carton renfermant le chapeau vert, doublé de soie rose et surmonté d'une branche de lilas : plus un châle blanc et un fourreau à grandes raies bleues et nankin ; lesdits objets appartenant à mademoiselle Agnès, digne et méritante fille s'il en fût au monde.

J'aime à payer un tribut à son souvenir, à cause de sa bonté, de sa réserve, de sa discrétion, de son dévouement, de ses soins aussi précieux qu'intelligents, non-seulement pour sa vieille mère et ses frères, mais encore poussait-elle la charité chrétienne jusqu'à solliciter, comme une faveur, de soigner les malades de la ville quand il y en avait.

Mademoiselle Agnès n'était pas une beauté, sans doute. Bien que grande, elle se tenait trop raide et marchait avec autant de précautions que si elle eût craint de casser des œufs. Mademoiselle Agnès tricotait presque continuellement et ourdissait en ville, les jours de presse, chez le mulquinier qui réclamait ses services.

La tête constamment enveloppée d'un mouchoir, ce qui est bien la plus disgracieuse coiffure que je connaisse pour une femme, mademoiselle Agnès ne s'habillait qu'aux grandes occasions, et alors secouait le linon qui protégeait le chapeau vert de la poussière disséminée sur tous les objets appendus au porte-manteau cloué contre la muraille de la chambre du premier.

Mademoiselle Agnès tenait d'une main les cordons d'un grand sac noir, carré et froncé à l'orifice (ces sortes de sacs s'appelaient ridicules), et donnait son autre bras pour appui à sa vieille mère, dans les rares promenades qu'elles hasardaient le dimanche, après vêpres, quand le temps était beau.

Mademoiselle Agnès, avec ses vertus privées, avait le malheur de se tenir si guindée dans son grand costume, qu'elle inspirait un de ces sentiments de vénération semblable à ceux qu'on éprouve pour les reliques ou les antiquités les plus respectables.

Elle garda le célibat ; sans doute, pour plusieurs raisons. Ce qu'il y a de certain, c'est qu'elle fut respectée par l'envie et la médisance, et ne donna jamais lieu à ces passions de s'exercer sur son compte.

D'après le rapport de l'huissier de Landrecies aux héritiers du vieux pasteur, ceux-ci reculèrent apparemment devant l'obligation de faire lever un jugement, car on n'entendit plus parler d'eux.

CHAPITRE XLVIII.

Veillaque, traître, déloyal et infâme ravisseur, si tu ne déposes à l'heure qu'il est cet armet qui est d'or fin, je te ferai confesser par la gorge que ta dame n'est qu'une laide guenon auprès de l'incomparable Dulcinée, soit à la lance ou avec l'épée. » Et embrassant son écu, la lance en arrêt, il fondit sur le barbier, au trot de Rossinante.

MICHEL DE CERVANTES.

Nous sommes arrivés en l'année 1819. C'était un matin du mois d'août. Le facteur apporta une lettre à l'adresse du père Perlin, du port de quatre-vingt centimes.

Après avoir lu cette lettre, Perlin poussa un profond soupir, et dit à sa femme et à ses enfants :

— Décossine nous annonce son arrivée prochaine, elle vient pour emmener sa fille.

Grande fut la douleur et la stupéfaction dans la famille, car tous aimaient la Poule : ils n'avaient plus songé qu'un jour on la leur redemanderait et qu'il faudrait s'en séparer. Aussi furent-ils tous consternés à cette nouvelle.

Dans sa lettre, Décossine recommandait de préparer sa fille au bonheur de revoir sa mère ; et la Poule, *tendre enfant*, dans l'excès de son attachement pour ses grands parents, protestait contre les intentions de cette mère qu'elle nommait une inconnue, et jurait de ne pas quitter sa *mémère*, s'attachait au cou d'Éléonore et disait :

— Qu'on vienne donc m'arracher d'ici !

Toute la famille était malheureuse, ce n'étaient plus que soupirs et sanglots.

Une deuxième lettre fut apportée ; elle indiquait le jour fixe de l'arrivée de Décossine.

On se mit en devoir de disposer le mieux possible la chambre haute, pour cette sœur, fille et mère, dame de haut parage.

Décossine fut médiocrement flattée de voir le modeste asile où vivaient sa fille et sa famille.

Ses habitudes du grand monde lui firent faire la grimace à la vue de l'unique fenêtre aux vitres encadrées de plomb qui laissait arriver une lumière douteuse dans la salle basse du rez-de-chaussée. Cependant elle dissimula, et alla embrasser ses parents avec effusion. Tant qu'à la Poule, elle considérait cette femme, qu'on disait être sa mère, avec une méprisante curiosité. Aussi, quand cette mère s'approcha d'elle, son premier mouvement fut de la repousser en disant :

— Madame, vous êtes une étrangère pour moi, je ne vous connais pas, et je vous déclare que c'est en vain que vous prétendriez m'emmener d'ici, je ne sais par quel droit. J'aimerais mieux mourir que de quitter mes vieux parents.

Décossine méritait à peu près cette leçon. Elle pleura, rejeta sur la force des circonstances la nécessité de cette séparation, et promit de rester le temps nécessaire pour se réconcilier avec sa fille qu'elle ne pouvait se défendre d'admirer, dont elle ne détachait pas les yeux.

La Poule fut envoyée pour montrer à Décossine l'appartement qu'on lui avait préparé, et là, au mépris des larmes, et arrachant le joli collier de corail que sa mère venait de lui passer au cou, elle lui renouvela l'assurance de ne jamais quitter sa grand'mère pour la suivre.

Le lendemain, Décossine se leva en peignoir, pria de faire un peu de feu de bois dans sa chambre et demanda un coiffeur.

Décossine avait encore de très-belles mains et de fort beaux cheveux noirs qu'elle faisait boucler à la Sévigné.

Sa figure portait l'empreinte d'une grande fatigue : malgré son embonpoint, il était difficile de ne pas remarquer cette expression répandue sur tous ses traits.

A la demande de Décossine, Éléonore répondit :

— Pierre va venir, c'est le jour de barbe de votre père. On lui dira de monter près de vous d'abord.

Nous dirons quelques mots du barbier du père Perlin. Pierre Avisse, était un homme de cinquante et quelques années alors. Sans être positivement un homme méchant, Pierre avait une de ces figures ignobles, dont on pourrait se faire une idée exacte en se rappelant la physionomie d'un des acteurs qui ont procédé à l'arrestation de Louis XVI. (Voir l'excellente gravure qui traite ce sujet). Pierre avait une face plate, un nez indécent; masse de chair inerte et pendante qu'il aurait fallu étançonner à l'intérieur, et qui aurait mérité à lui seul les honneurs d'une allégorie dramatique, si j'eusse été de force à l'entreprendre. Pourtant, puisque l'idée m'en vient en écrivant, essayons-en, cela amusera le lecteur et lui donnera une idée aussi fidèle que possible du nez de ce barbier.

« . . . .
» A cette vue, la jeune fille, pâle, éperdue, s'élance vers le
» jeune homme en s'écriant : Ah! mon cousin, que faites-
» vous!...
» Le jeune homme, brisé de fatigue à la suite d'un galop
» echevelé, venait tout bonnement de se laisser choir sur
» la chaise où sa cousine avait déposé son élégant chapeau
» de satin blanc!...

Que le lecteur se figure ce chapeau sur lequel ce butor de cousin s'est assis avec si peu de précaution et on aura une idée exacte du nez de Pierre Avisse, proportions relatives.

La première pensée qu'on avait à l'aspect de ce nez c'était celle-ci : — Assurément voilà un nez sur lequel on s'est assis, et pour soutenir cette opinion, on aurait cru assurément pouvoir parier un bol de n'importe quoi. Pour compléter l'ensemble de cette physionomie, Pierre avait un regard vitreux et d'une expression féroce. Pierre avait une prédilection toute particulière pour le genièvre, et ne négligeait aucune occasion de la prouver, surtout quand il rencontrait son confrère Castel ou son ami intime Bouton d'Hordaing. Celui-ci, apôtre zélé de la philosophie naturelle, trouvant que tout était toujours pour le mieux, résumait son opinion par cette incessante réponse à tout ce qu'on lui disait : Bien, très-bien; et les gamins de crier de plus loin qu'ils l'apercevaient : Bien, très-bien, fort bien.

Citons un trait caractéristique de cet ivrogne. Cela se passait en 1825.

CHAPITRE XLIX.

Le Patron. — Vous étiez encore en ribaude hier?

Claquot. — N' m'en parlez pas!... Y a des bières, à c't' heure, quand qu' c'est qu'on en a seulement trois quatte chopes dans l' corps, on est comme hors eu d' soi.

Le Patron. — Il paraît que chez vous ça produit l'effet contraire : vous mettez les autres dehors et vous restez dedans.

Claquot. — Moi?... jamais, au grand jamais!... Ah ben, ch'est bon!

Les trois jours qui précèdent le temps de carême étaient fêtés en famille par des dîners dont l'excédant se composait le plus souvent d'entrailles de porc, de ratons, pains crôtés, gauffres et autres douceurs ; le soir, la chope et la pipe traditionnelles pour les hommes. Les femmes jacassaient et faisaient la chronique locale ; et je vous prie de croire qu'elles ne laissaient rien à reprendre sur le compte de leurs connaissances absentes. Les jeunes gens jouaient aux jeux innocents.

— Je vous vends mon corbillon.

— Qu'y met-on ?

— Un oignon.

Un autre : — Je vous vends mon corbillon.

— Qu'y met-on ?

Ceci prête à réfléchir. Que peut-on mettre dans un corbillon Bien des choses assurément.

Alexis va consulter sa mère; c'est la première fois qu'il joue à ce jeu.

— Ma mère, que peut-on mettre dans un corbillon ?

Sa mère lui dit tout bas : — Un melon.

— Mais, maman, c'est bien gros, un melon, et bien pesant.

— Mets-y un cornichon alors.

— Un cornichon?... Oh! je n'oserais pas; je craindrais que ça ne convienne pas à cette demoiselle.

— Eh bien! mets-y ce que tu voudras et laisse-moi.

Alexis, pressé de répondre aux interpellations : Que met-on, monsieur, voyons, que met-on? Alexis se lève et répond d'un air bête qu'il s'efforce de rendre gracieux :

— Un abricot.

Explosion de rires étourdissants.

— Un gage! un gage! un gage!

Alexis est humilié, vexé, et ne veut plus jouer à un jeu où on se moque de lui. Il faut cependant un gage; on lui souffle son foulard : il ne l'aura plus qu'il ne fasse une des trois choses prescrites, à savoir : un baiser dos à dos, ou à la religieuse, ou à la capucine. Alexis se fait expliquer de quoi il s'agit. Il lui semble assez extraordinaire de se casser le nez à travers les dos de chaises, ou d'avaler un mètre de fil noir pour reconquérir son foulard.

Sa mère lui dit : — Eh bien, prie ces dames de t'ordonner autre chose, voir un peu si ça t'ira mieux.

La plus espiègle de la société prend la parole et dit sentencieusement :

— J'ordonne pour la main-levée du gage trois choses au choix, à savoir : soupirer, l'horloge, ou piler du poivre avec assistance.

— Je préfère soupirer, dit Alexis, d'autant que cela est en rapport avec la position malheureuse que vous m'avez faite.

Le chœur : — Que vous vous êtes faite, dites, monsieur?

— Après cela, reprend Adèle, n'est-ce pas pitié que de voir faire tant d'embarras pour un gage? Si c'était moi, j'aurais bientôt fait; ce n'est pas difficile à soupirer.

— En effet, répond Alexis. Eh bien! mesdames, puisqu'il le faut, je soupire.

— Pour qui?

— Pour qui?... mais pour personne assurément; je soupire pour vivre et parce qu'il le faut.

— Ce n'est pas cela, il faut soupirer pour quelque chose.

— Oh ! alors, je soupire après mon foulard.

— Monsieur, vous n'aurez pas votre foulard que vous n'ayez soupiré après quelqu'une de nous, qui ira vous embrasser et soupirer après un autre, et ainsi de suite jusqu'à ce qu'il ne reste plus personne ici.

— Mesdames, je ne puis, en vérité, accepter ces conditions, d'autant que ce serait mentir à ma conscience; car, vraiment, si je soupire, ce n'est pas pour vous.

— Est-il drôle! est-il drôle!

— En ce cas, monsieur, faites l'horloge.

— Allez vous placer dans ce coin là-bas, lui dit-on.

Alexis y va.

— Maintenant, quelle heure est-il? dit Adèle en s'approchant.

Alexis tire sa montre gravement, et après l'avoir consultée :

— Huit heures moins douze minutes, dit-il.

— En ce cas, monsieur, dit mademoiselle Adèle en s'approchant, je vous permets de m'embrasser sept fois; vous réglerez les minutes comme vous voudrez, je m'en rapporte entièrement à vous.

— Qu'est-ce à dire, mademoiselle? Vous embrasser sept fois et régler les minutes!...

— Mais il me semble, monsieur, que vous avez dit huit heures moins douze minutes; ce ne peut être plus de sept baisers. Cependant, je vous accorderai le huitième, si cela vous fait plaisir, pour ne pas attendre plus longtemps.

— Certainement... mademoiselle... je suis confus... mais... vous comprenez... je ne me soucie pas beaucoup... d'autant... que... ma vocation... mon respect... d'autre part, on pourrait savoir... et ça pourrait retarder mon entrée prochaine au...

— Est-il bête! c't oiseau-là, est-il godiche!...

— Laisse-le là, dit le chœur.

— C'est un nigaud, dit l'une.

— Un grand dadais, dit l'autre, un escargot, un...

— Eh bien! tant pis, cria Adèle morfondue, il pilera du poivre, ou je jetterai plutôt son foulard au feu que de le lui rendre sans qu'il se soit exécuté.

Alexis se fait expliquer la chose : ça lui va. Il consent à la torture. Il s'assied à terre; deux personnes, de chaque côté, le soulèvent sous les bras et le laissent retomber de tout son poids sur le fémur, et ce par trois fois (*l'as-tu senti?*). La mère, trop occupée dans une conversation, ne prend pas garde à ce qui se passe. Alexis se lève pour prendre son foulard et se rapproche d'elle clopin clopant.

— Aïe! aïe!... Qu'y met-on? pense-t-il, qu'y met-on?... Qu'y mettrai-je, ma mère, pour calmer cette douleur-là?

— Mets-y un chiffon et du savon, grand sot!

Et voilà une esquisse des jeux innocents, soit du corbillon, du petit bonhomme vit encore, du petit toutou qui ne mange pas d'os, de pigeon vole, etc., etc., etc.

Tout en avouant d'avoir participé dans ma jeunesse, avec un certain plaisir, à ces prétendues innocentes récréations, je déclare que je défendrai positivement à mes filles les *jeux innocents*.

Or, ce mardi là, Bouton, riche de quelques gros sous, s'achemina vers Bouchain.

L'eau-de-vie y était de meilleure qualité et la dose mieux mesurée.

Bonne fortune pour tous les gamins en vacance. Chaque âge a ses plaisirs. Les pâtés sont désertés, chacun des écoliers rengaîne ses guéniques et se met en quête de pommes gâtées, salades, tiges de choux, etc., etc., etc.

On connaît Bouton et ses habitudes.

On sait qu'après l'absorption de quelques potées, Bouton éprouve le besoin de discourir. Habituellement il sort pour haranguer la foule, et les bravos ou plutôt les projectiles de toutes espèces l'accueillent chaleureusement. C'était donc une chaude partie promise à l'avidité desdits licenciés.

Il en fut autrement cette fois.

Le malheureux Bouton faillit être brûlé vivant.

Voici comment.

Le mardi matin, quelques jeunes gens se procuraient le plaisir de se rendre au marché aux herbes travestis en marchands de légumes, et là, au grand plaisir de la foule, alors qu'ils voyaient pointer à l'horizon quelque belle dame ou cordon bleu, de courir à sa rencontre lui demander la préférence pour ses approvisionnements. Il s'ensuivait une scène très-récréative en fin de laquelle dame ou gouvernante était forcée de s'exécuter bon gré malgré. Pour une chétive pomme de terre, quelques feuilles de choux, un navet ou un vert de poireau, il fallait donner de quatre à huit sous, selon ses moyens. Encore semblait-on lui marquer une préférence honorable en lui vendant au prix coûtant.

Et tout cela sous les yeux des agents de l'autorité, MM. T. et R., et au grand plaisir des maris, le plus souvent témoins impassibles des embarras de leurs ménagères et des pressions quasi physiques qu'on exerçait sur elles à leur grande confusion.

On s'amusait encore alors à Bouchain!...

Dire où passait cette contribution forcée prélevée au moyen d'une vente factice et dont l'importance n'était jamais enlevée, je ne le saurais.

J'ai toujours pensé que ces sommes servaient à des actes de bienfaisance générale ou particulière.

L'après-dîner, on disposait un mannequin en paille revêtu d'un costume noir; souvent l'accoutrement de procureur était préféré; la figure était un masque.

Les acteurs accompagnant le mannequin, appelé Mardi-Gras, n'étaient que déguisés. Les uns portaient des rateliers en navets ou en carottes, se teignaient la figure de couleurs diverses, s'appliquaient des mouches, etc., etc., etc.; d'autres, vêtus en pleureurs, débitaient des homélies lamentables, qui se terminaient toujours par des plaisanteries de bon aloi et de circonstance.

Ce mannequin qu'ils allaient brûler, ce Mardi-Gras personnifié, était un dernier adieu à leurs folies.

Ils allaient redevenir hommes sérieux.

Les hommes sont de grands enfants.

Après s'être amusés quelque temps d'un jouet, ils le brisent et n'y pensent plus.

Ainsi faisaient-ils. Après avoir oublié leur condition mortelle dans les joies étourdissantes du carnaval, songeaient-ils à anéantir, pour ainsi parler, en brûlant ce mannequin, tous les souvenirs de ces jours de condamnable mémoire.

Jours d'orgies et de crimes chez les païens, où tout semblait permis, hors le bien.

Aussi s'empressaient-ils, après ce solennel adieu, de courber leur tête le lendemain sous la cendre que leur distribuait leur respectable pasteur, et méditaient-ils, dans un esprit de pénitence, ces paroles que l'Église adresse à tous les hommes :

> Memento, homo, quia pulvis es,
> Et in pulverem reverteris.

Vers onze heures du matin, Bouton hasarda sa première sortie du cabaret, sis sur la place de la ville haute, et commença son exorde la tête couverte d'un chapeau de l'espèce que ces gens-là portent : « Je suis convaincu que ces messieurs ont une mode et un tic inimitables en fait de couvre-chefs. » Une pomme gâtée alla frapper le chapeau et le culbuta dans le ruisseau voisin.

L'auditoire avait trouvé mal séant que Bouton se permît de lui parler sans se découvrir.

— Bien, dit Bouton; fort bien, très-bien, bien et bien à jamais.

Cependant, comme il voulait recouvrer son feutre, il se baissa péniblement pour le ramasser.

Un gazon lourd de toute la terre adhérente à ses racines, et lancé de je ne sais où, l'atteignit à la nuque et le coucha sur son chapeau.

S'il fallait dire les malheurs de ce chapeau, les horions et outrages qui l'ont assailli, j'y renoncerais; mais si ce chapeau, qui en a vu de toutes les couleurs, avait pu parler, il nous aurait laissé d'amusantes éphémérides.

Bouton, se voyant escorté d'un auditoire sur la révérence duquel il n'était pas tout à fait rassuré, battit en retraite en longeant le mur et grimpa les marches de l'escalier du cabaret. Sa rentrée fut saluée d'une décharge générale de salades, tiges de choux, carottes, pommes, gazons, bouse, épluchures, oignons gâtés, etc., etc., etc., honneurs auxquels Bouton ne daigna pas répondre.

Le cabaretier ferma la porte, et les gamins volés murmuraient en s'éloignant un peu, tout en gardant leurs provisions.

C'était dans ce même cabaret que nos jeunes gens faisaient leurs préparatifs, complétaient leur mannequin et leur déguisements.

C'était de là que devait partir la marche burlesque.

Bouton avalait alors du genièvre. Un acteur de la troupe émit la motion de faire jouer un rôle à Bouton dans la farce des obsèques de Mardi-Gras.

La chose ayant été proposée à Bouton, et lui ayant demandé s'il voulait assister de sa personne à la marche et revêtir des insignes de deuil pour honorer la mémoire d'un homme si bon, Bouton consentit à tout, approuvant et louant ce qu'on lui proposait, voire même, et en surplus, les verres de genièvre qui se remplissaient prestement, à sa grande édification.

On commença donc par lui barbouiller la face, la tête et les mains avec du vieux oing (saindoux) mêlé de noir de cheminée, et on le fit monter avec le mannequin de Mardi-Gras sur une charette préparée *ad hoc*.

On le lia solidement, face à face au mannequin, par une ceinture, on les maintint tous deux debout et on se mit en marche lentement.

Le concert des gamins arriva, et un feu roulant et croisé de projectiles fut entretenu sur les deux personnages jusqu'à la ville basse.

N'était aux rares mouvements de tête de Bouton, bien fin aurait été celui qui aurait discerné le mannequin d'entre les deux sujets.

Arrivés à l'esplanade, lieu choisi pour la cérémonie finale, on descendit l'un et l'autre, et l'on demanda à Bouton s'il voulait quitter son ami, ce à quoi Bouton répondit un *non* bien articulé, et embrassant le mannequin, un bras sur l'épaule gauche, l'autre sous la droite, déclara qu'il ne quitterait pas un ami. — Jamais, dit-il, jamais ; je mourrrai avec lui s'il le faut.

Pendant qu'on ôtait la ceinture qui seule le retenait à Mardi-Gras, une espèce de fou, déguisé en Diogène, mit le feu au bas du mannequin. La paille s'alluma immédiatement jusqu'à la figure de Bouton, dont la tête nue et les cheveux enduits de graisse se trouvèrent instantanément entourés d'une auréole de flamme d'une nuance bleuâtre.

Un sentiment de frayeur fit pousser un cri d'angoisse à tous les témoins. Une scène bouffonne allait être convertie en un drame terrible. Bouton hurlait et ne voulait pas lâcher Mardi-Gras.

— Je mourrai avec toi, disait-il.

Les acteurs, fous de crainte et d'horreur, coururent de grands dangers en arrachant Bouton à cet immense péril. Sa blouse flambait déjà, et, heureusement, de l'eau qu'on s'empressa de puiser près de là et dont on le couvrit dès pieds à la tête, quelques secondes plus tard et Bouton était rôti.

Maintenant, explique qui pourra la réaction qui s'opéra chez Bouton : d'ivre-mort qu'il était, il se releva trempé, mais possédant tout son sang-froid. La masse s'ouvrit pour le laisser passer ; il sortit de la ville, et s'en retourna chez lui noir comme un démon et les cheveux grillés jusqu'au cuir.

Sa femme en eut une telle peur qu'elle se coucha, et ne porta plus jamais depuis *verte feuille*.

Pierre arriva donc quelques minutes après la demande de Décossine.

A son bonjour, Éléonore répondit en lui présentant une potée de genièvre dans un grand verre, préliminaire auquel il était habitué chez presque tous ses abonnés. On savait aussi que ce breuvage donnait à la main de ce raseur une souplesse et une habileté vraiment extraordinaires.

Pierre avait d'excellents rasoirs, il faut bien l'avouer ici en passant ; aussi, pour procurer à ses rasoirs ce fil parfait, s'entourait-il de précautions inouïes. Une fois par mois, il allait secrètement à Douchy les porter au boucher de ce village. Celui-ci, en moins de temps qu'il me m'en faut pour l'écrire, prenait son fusil, leur donnait un rude tour, et c'était fait.

Pierre lui offrait une choppe ou une pièce de deux sous. Le mois suivant, il retournait à Douchy pour le même motif. Et qu'on ne traite pas de blague cette manière de repasser les rasoirs ; je la préconise comme la meilleure : témoin un de nos respectables caméries, à l'épiderme excessivement délicat (que je nommerais s'il m'y avait autorisé), et pour qui la barbification est un véritable supplice. Cet honorable envoie régulièrement deux fois par an ses rasoirs au boucher de Jenlain, près Valenciennes, pour cette même opération de repassage, et se trouve beaucoup moins malheureux depuis qu'il a découvert le savoir inestimable de ce savant sacrificateur.

Avisse répondit à la politesse d'Éléonore en ouvrant une grossière et énorme tabatière, faite de corne de taureau, par un artiste de Mastaing, espèce de dissertateur, nommé Cheuminez, prétendant à l'universalité des sciences, se mêlant de tout, raisonnant sur tout, citant au hasard de la fourchette Homère, Tite-Live, saint Paul, Montaigne, l'Ecclésiaste, Mahomet, Cicéron, Démétrius, Tobie, saint Bernard, Confucius ou tout autre, avec l'impudeur d'un pédant, et tout cela sans s'inquiéter du bout d'oreille qui le trahissait.

C'était donc dans une des boîtes confectionnées par cet artiste qu'était renfermé le caporal pulvérisé dont Pierre tamponnait ses fosses nasales.

— Montez là-haut, lui dit Éléonore ; il y a quelqu'un qui a aussi besoin de vous.

Pierre entreprend l'ascension de l'échelle de meunier pour la première fois, se maintenant négligemment à la rampe. Il est à peine arrivé à moitié de cette échelle, qu'il manque une marche, trébuche, et, voulant éviter une chute en se cramponnant des deux mains à la fois, laisse-choir le plat à barbe en faïence, lequel arrive en pièces au bas de la montée. Le savon va se loger avec la serviette de cou dans le bac au charbon mouillé remisé sous l'escalier.

— Qu'est-ce qu'il y a là ? demande mademoiselle Agnès, ne vous êtes-vous pas fait mal ?

— Au contraire, répond Pierre, c'est mon plat qui a glissé.

— Dites à la petite de m'apporter une assiette à soupe, de l'eau chaude et une autre serviette. Le savon est là aussi quelque part ; il n'y a qu'à le laver.

Ce disant, Pierre est arrivé au palier et est entré sans frapper dans la chambre où Décossine en long peignoir, la tête nue, est assise, les pieds sur un carré, vis-à-vis l'âtre où brûlent quelques fragments de menu bois, et le dos opposé à la porte.

Décossine, absorbée dans la lecture d'une des histoires de ses contemporaines, ne tourne pas la tête lors de l'entrée de Pierre. Celui-ci pose sa trousse et son cuir sur la table, tire un rasoir et se met à le repasser sur le creux de la main en attendant l'eau et le savon. Il ne soupçonne pas, à la vue des petites volutes de cheveux noirs disséminés sur la partie de la tête de Décossine, que c'est une femme qui est là.

Décossine se retourne, jette un cri de terreur à la vue de ce brigand armé d'un rasoir. Dans son épouvante, elle se précipite dans l'escalier, déroule avec sa sœur Agnès qu'elle a rencontrée à moitié de l'échelle, apportant l'assiette à la soupe pleine d'eau chaude ; Constant les reçoit toutes deux dans ses bras au bas de la montée et se trouve forcé par la violence du choc à s'asseoir sur les tessons du plat à barbe éparpillés à cet endroit. La douleur le rend furieux. Il frappe et s'escrime du poing n'importe où. Décossine attrappe un atout et mademoiselle Agnès une œillade.

Furcy, qui vient d'entrer, met fin à cette scène en relevant ses sœurs et Constant. Les dames n'ont rien, sauf ce que Constant leur a servi ; mais ce dernier pousse des sons gutturaux intraduisibles, en montrant à son frère le bas de ses reins où les tessons du plat à barbe ont occasionné des lésions sérieuses.

Furcy ignore tout, et, dans la pensée que son frère veut le molester, lui applique du bout du pied un topique serré qui étend Constant sur le ventre.

Le père Perlin rentre, et telle est la crainte et le respect de ses enfants pour lui, que personne ne songe à pousser les représailles plus loin.

On s'explique. Décossine dit sa terreur : elle a vu un scélérat dans sa chambre, armé d'un rasoir, s'avançant vers elle. Cet homme est encore assurément au premier étage, s'il ne s'est sauvé par les toits.

— Ma fille, vous lisez des romans et vous avez l'esprit rempli des sottises d'Anne Radcliff, dit Éléonore. Il ne faut pas juger des hommes sur leur mine. Celui que vous appelez scélérat est le plus inoffensif des hommes et le meilleur barbier que nous connaissons. Je l'avais fait monter d'abord à votre chambre, en attendant la rentrée de votre père, parce que vous aviez demandé quelqu'un de son état.

— Mais, ma mère, j'ai demandé un coiffeur, c'est vrai; mais je n'ai que faire d'être rasée, et tant qu'à mettre ma tête entre les mains de cet homme, j'aimerais autant la mettre entre les mains du bourreau.

— Bien, dit le père, assez de sottises comme ça. Descendez, Pierre! crie-t-il.

Et quand Avisse fut descendu, Décossine remonta à la hâte chez elle, sans oser regarder de nouveau l'objet qui l'avait terrorisée.

— Vous avez fait là une belle peur à ma fille, dit Eléonore à Pierre pendant que celui-ci savonnait le père Perlin. Est-ce que vous prétendiez la raser, par hasard?

— Vous ne m'aviez pas dit pourquoi c'était.

— C'est juste, répond la mère; mais on ne rase pas une dame.

— C'est selon... Il y en a qui feraient beaucoup mieux de se faire raser ou d'entrer au service.

Eléonore ne répond plus.

— D'ailleurs, savais-je que cette tête frisée était celle d'une femme, et d'une femme de la haute? ajoute Pierre évidemment vexé.

La Poule descend et dit à Pierre : — Maman envoie cela pour vous.

Pierre prend la pièce de trente sous et la met dans la poche latérale de sa capote verte. — Les gens bien élevés, on les reconnaît toujours toujours à leurs manières, dit-il. Puis ce fut tout.

Pierre Avisse n'était pas loquace; il n'avait jamais eu autant occasion de dire chez Perlin, et toujours renfermé dans sa taciturnité, saluait en entrant, faisait le poil au père, sortait et ne causait jamais; contrairement à ses honorables confrères, lesquels, à défaut de presse quotidienne à Bouchain, colportaient les nouvelles et chroniques plus ou moins intéressantes chez leurs pratiques.

— Qui enverrons-nous chercher pour Décossine? demande la mère.

— Je vais dire à Boulin de passer jusqu'ici, répond Furcy. Il faut que j'aille à la ville basse.

Indépendamment de Pierre Avisse et de Pierre Gastel, il y avait à Bouchain trois artistes tailleurs de barbes, lesquels cherchaient à se surpasser par leur adresse et leurs soins.

Le premier des trois qui exhiba une enseigne avec appendice symbolique, fit écrire en lettres blanches : *Au nouveau goût.*

Le deuxième fit faire un semblable écusson avec cette inscription : *Au goût du jour.*

Le troisième se procura aussi le même écusson que les deux autres, et fit écrire : *Au choix des goûts.*

Furcy alla donc dire à madame Boulin d'envoyer son mari chez M. Perlin père, à la ville haute, le plus tôt possible.

Boulin, averti, se hâta de se munir d'un plat, trousse, ciseaux, peigne long, etc., etc., et se disant dans sa cravate : — Encore une pratique de plus; ça vient, ça vient.

— Montez, dit Eléonore, madame est en haut, dans la chambre.

Boulin monte à l'assaut. C'est un ancien militaire, plein de formes et de convenances.

Aux deux coups discrètement frappés à la porte, Décossine répond d'un ton impérieux : — Ouvrez!

Boulin ouvre, salue.

— En quoi puis-je vous servir, madame?

— Vous êtes coiffeur?

— Au régiment, c'était moi qui coupais les cheveux du colonel et de son état-major, et je vous les couperai d'une manière aussi irréprochable que satisfaisante... Je les rasais tous les deux jours. L'état-major me préférait aux autres, à cause de la légèreté de ma main. Le quartier-maître me disait quelquefois : Boulin, après ton congé, il te faudra t'établir à Paris, mon brave. Nous avions aussi le capitaine de la troisième du deuxième; quand il venait au quartier et que le caporal de la chambrée l'informait que le sergent m'avait porté de garde pour son jour de barbe, j'étais certain de permuter.

Le major du premier, la veille de la revue du général inspecteur, ayant trouvé dans mon fourniment une gamelle à double fond... Boulin s'arrête. Décossine est descendue.

— Ma mère, dit-elle, ne peut-on avoir un coiffeur ici? Le premier que vous avez fait monter voulait me raser; celui-ci veut maintenant me couper les cheveux.

— Tenez, donnez-lui ça pour sa peine, et dites-lui que j'ai changé d'idée, que ce sera pour un autre jour.

La Poule porte la pièce à Boulin, qui ne veut rien recevoir n'ayant rien coupé, et ne l'accepte que comme payé à l'avance de ce qu'on réclamera de ses offices.

— Il faudra aller chercher Cassette, dit mademoiselle Agnès; la Poule, mettez votre bonnet. Vous le prierez, s'il est chez lui, de venir de suite. Je vous assure, ma sœur, que celui-là fera bien ce que vous pourrez désirer, il est très-adroit et coupe les cheveux à tous les jeunes gens les plus comme il faut de Bouchain.

— Mais, Agnès, c'est assolant, ce que vous me dites là!... Je vous répète encore que je n'ai pas la moindre envie de me faire couper les cheveux. Ne peut-on trouver un coiffeur sans cette prétention, oui ou non, dans votre trou?

— Votre trou!... Mais, ma sœur, répond placidement mademoiselle Agnès, ce trou, c'est le vôtre comme le mien; c'est le trou de votre père et de votre mère. Chacun son trou. Vous êtes sorti de ce trou pour aller dans le trou où votre mari vous a conduit; là sans doute on se coiffe autrement qu'ici; mais Cassette vous rendra de bons services : c'est un jeune homme intelligent et qui sait coiffer aussi, j'en suis certaine.

La Poule est partie à la recherche de Cassette. Elle le rencontre entre deux villes, pimpant, coquet, frisé, musqué. Ce jeune homme quasi élégant a la physionomie heureuse et souriante, il se distingue par sa tournure, sa désinvolture et ses manières aussi aisées que gracieuses.

Il veut prendre le menton à la Poule et lui frappe sur la joue.

— Je suis chez vous dans deux minutes, dit-il, l'histoire de passer chez mademoiselle Aldégonde, acheter un sou de pommade.

— Où est cette dame? demande Cassette en entrant.

— Au-dessus de cette chambre, répond Eléonore, vous pouvez monter.

Cassette grimpe lestement, fait force courbettes en entrant et dépose son armet sur la table. Décossine éprouve encore un sentiment d'anxiété à la vue du plat à barbe.

— Pouvez-vous me coiffer à la Sévigné?

— J'ai entendu parler de cette pommade-là comme d'une chose distinguée, repart Cassette, mais les dames d'ici n'en font pas usage, c'est pourquoi je n'en ai pas pour le moment. J'ai de la bonne pommade à la moëlle; mais à la séve, je crois qu'il serait difficile d'en trouver à Bouchain.

Décossine ne peut s'empêcher de rire un peu de la suffisance et de la grâce avec laquelle Cassette lui tire ce calembour bien involontairement.

— Tenez, monsieur, il ne s'agit que de rouler en volute ces mèches de cheveux que vous voyez dérangées. Vous en ferez autant de papillotes que vous presserez avec votre fer, après quoi vous les disposerez en couches superposées, observant de maintenir sur le sommet de la tête une ligne de séparation nettement tranchée.

— Bien, madame, c'est compris.

Cassette va se mettre à l'œuvre, une réflexion l'arrête.

Il n'a pas de papier pour faire les papillotes. Il le dit tout haut. Décossine lui indique une petite boîte où il trouvera ce qu'il lui faudra.

— Monsieur, lui dit-elle, il serait temps de chauffer votre fer, ce me semble.

— Mais, Madame, il y a une difficulté à cela, c'est que, pris à l'improviste au moment où je montais à la ville haute, je n'ai pas songé à retourner chez moi pour le prendre; nous y suppléerons aisément avec les pincettes que voici. Nous en viendrons à bout.

— Ouf, soupire Décossine! Dans quelle impasse me suis-je fourvoyée ici! Me faire coiffer avec des pincettes! Gardez-vous de brûler mes cheveux, au moins.

Cassette la rassure. Il aborde et travaille sur cette tête avec des précautions inusitées. Son intelligence tourne toutes les difficultés. L'œuvre est achevée.

Il va d'un pas triomphant détacher le miroir et le présenter à Décossine.

— C'est assez bien, lui dit-elle. Vous viendrez tous les jours vers cette heure, pendant mon séjour à Bouchain.

Cassette s'incline et sort.

— Eh bien ! lui demande mademoiselle Agnès, vous en êtes vous bien tiré ?

— Pourquoi pas ? lui répond Cassette cherchant dans sa cravate après son col de chemise, il y a longtemps que nous connaissons ça. Cela n'est pas nouveau... Mais à Bouchain ! Ne me parlez pas de Bouchain.

Il sort. Il se trouve rehaussé à ses propres yeux.

— Enfoncé les barbiers ! se dit-il, je suis tenté de faire une autre enseigne, et de mettre les barbes à trois sous. Je serais certain de ne plus raser que des gens du haut ton. Peut-être ferais-je mieux de quitter Bouchain, et d'aller m'établir à Douai, ou plutôt à Lille, et mieux encore à Paris. C'est là qu'un artiste est apprécié. J'irai retrouver François. Je puis un jour épouser une femme qui fera ma fortune... ma foi, je choisirai. J'irai me fixer dans une campagne voisine de la capitale. Les garçons feront la besogne et la recette. Avant quarante ans, je serai du grand collège, éligible, élu sans doute. De là au portefeuille il n'y a qu'un pas. Bon, voilà mon plan arrêté. L'important pour le moment est de déjeuner. Il est dix heures, il est temps.

Nous souhaiterons bon appétit à Cassette. Chacun de nous fait des rêves dorés et bâtit des châteaux en Espagne. La triste vérité nous attend au réveil, et nous rend au sentiment de notre position. C'est ce qui arriva à Cassette, lequel, après mûre réflexion, resta à Bouchain, et continua à raser ses pratiques et ses amis sans demander des honoraires plus élevés que ceux de ses confrères.

Décossine frisée, vêtue d'une robe de soie noire à haute taille, d'une ceinture en cheveux s'attachant par devant au moyen de deux agrafes d'or à tête de lion, posa la plus grande partie de la journée sur la porte de la maison de son père.

Les curieux la regardèrent comme une coquette un peu surannée. D'autres l'admirèrent comme une femme de qualité, et disaient à part eux en parlant de la Poule : En voilà une qui a du bonheur de retrouver une mère si riche ! Et tous les jours, robe nouvelle, exhibition de bijoux, et le tremblement.

La Poule avait fini par se laisser un peu aller. On aurait pu lui demander, comme en 1847 : *Vous sentez-vous corrompue ?* Elle avait consenti à revêtir quelques robes que sa mère lui avait apportées, à se parer de bijoux et d'une montre en or. La Poule paraissait moins jolie ainsi.

Alex... n'osait plus l'appeler pour jouer, ni lui parler. La Poule commençait à devenir fierette, sa mère lui avait fait comprendre qu'elle ne devait plus avoir rien de commun avec ces petites filles du peuple, ses compagnes.

La Poule avait cédé, et l'orgueil et la sottise entrèrent dans son cœur pour le rendre ingrat peut-être, oublieux assurément.

Après quinze jours de séjour à Bouchain, Décossine fit ses adieux. Sa fille trouva encore quelques larmes en embrassant ses grands parents et ses amis. Sa mère l'emmena. Une fois elle écrivit ; puis, ce fut tout.

CHAPITRE L.

Attends-moi voir le mois de mars.

Un vrai pêcheur à la ligne.

La famille Perlin, privée de cette aimable enfant, de cette jeune petite-fille et nièce sur laquelle leur affection s'était concentrée, cette famille végéta triste et morose.

Furcy continua simultanément l'école des jeunes pauvres et des bourgeois.

Constant braconna de plus belle. Son amitié avec Charlot a diminué. Ces messieurs semblent s'éviter.

Le père Perlin est un jour ramené d'Étrœungt sur une charrette privé de sentiment. Il est tombé subitement frappé d'apoplexie à la suite d'un bon dîner. Sa famille, saisie, éplorée, entoure le lit sur lequel on l'a déposé. Tous les soins et secours paraissent ne devoir amener aucun résultat favorable.

Il reprend cependant connaissance le lendemain, mais sa langue est paralysée. Il ne peut plus rien articuler d'intelligible. Sentant sa fin prochaine, il fait signe à Furcy d'approcher. C'est un samedi du mois de juin 1820. Le lendemain est le jour de la solennité de la Fête-Dieu.

Furcy ne comprend rien aux signes de son père, qui fait mouvoir ses doigts comme sur un clavier et barbouille *fa, fa, fa.*

Voyant que son fils ne peut le comprendre, Perlin se lève et va s'asseoir au clavier du clavecin à queue, et note à son fils la prose *Lauda Sion* qu'on doit chanter le lendemain, et lui indique le ton de *fa ;* ce qui, soit dit en passant, est un peu haut, à cause des changements de clefs dont cette longue prose est accidentée, et qui étendent son échelle diatonique aussi démesurément que possible.

Une des principales jouissances du père Perlin était de faire égosiller clerc et chantres. Il appelait ça les pousser au bleu. Il y avait, surtout parmi les amateurs du lutrin, un bon vieux et brave officier d'artillerie retraité, qui s'était fait un devoir d'occuper une stalle régulièrement tous les dimanches. Quand la messe était arrivée au point du *Sanctus,* on craignait toujours pour lui quelque chose comme la rupture d'un vaisseau, il avait les yeux injectés de sang.

Cet intrépide de la vieille n'aimait pas les étrangers.

Un jour, par erreur sans doute, un officier danois, c'était en 1816, se présenta par ordre supérieur pour loger chez lui.

Notre ancien troupier n'avait plus qu'une place pour se réfugier, sa femme, sa fille et lui.

— Je n'ai plus de chambre vacante pour vous loger, dit-il au Danois. Il me reste cette seule pièce pour ma famille et moi ; je ne pourrais vous donner asile qu'au grenier, le reste de la maison étant occupé par vos camarades.

— Tu iras loger au grenier si tu veux, repart le Danois ; je suis ici par ordre, j'y reste. Va où tu voudras, je m'en moque ; et faisant signe à son domestique de déposer sa malle et autres colis, il dégrafe le ceinturon de son sabre et le remise dans un angle de la chambre.

Le soldat de l'empire a senti la moutarde lui monter au nez et le rouge empourprer son front. Il vous jette les deux Danois à la porte de chez lui, et leur envoie sans cérémonie le sabre et les malles dans les jambes.

Les Danois s'éloignent en baragouinant et reviennent un moment après avec du renfort. Ils sont six et font le siège de la maison.

— Cécile, dit l'ex-artilleur à sa femme, ferme la vitre.

— François ! lui répond sa tremblante épouse en joignant les mains, pour la sainte amour du bon Dieu, calmez-vous !

Au moment où l'huis va céder, l'artilleur de la vieille saisit son loucher, ouvre et fond sur les assaillants avec l'impétuosité d'un rocher qui se détache de sa cime. Deux hommes sont renversés, un troisième reçoit un coup de bêche dans les reins et se replie sur lui-même. Les trois autres, à la vue de cette arme inconnue dont l'éclat les terrorise et l'effet les entame, prennent la fuite. L'ex-artilleur les poursuit en maudissant son bandage. — Les lâches ! murmuret-il, six contre un !...

Le prince danois, résidant près la mairie de Bouchain, informé de ce qui vient de se passer, envoie son aide de camp prier l'ex-officier d'artillerie de venir lui rendre compte des circonstances qui ont déterminé ce grave conflit. Le vieux soldat y va résolument, expose la vérité, rien de plus, rien de moins.

Le prince est un homme de sens et à la hauteur de la civilisation. Il blâme l'officier danois et lui rappelle que partout, et surtout vis-à-vis d'aussi honorables militaires, il faut user de formes et ne jamais abuser de la force dont on peut disposer. Il renvoie l'artilleur français, le priant d'excuser une méprise qu'il fera rectifier, attendu qu'il n'est porté que comme devant loger un officier et non deux.

En se retirant, le vieux de la vieille salue militairement le prince, et d'un geste semble dire à l'officier témoin : — Quand tu voudras te faire saigner, je te soignerai ça.

— Il paraît, dit le prince, que ce Français est un homme intègre.

— Oui, dit l'autre.

L'ex-artilleur avait cinquante-sept ans ; il avait eu le crâne labouré par un biscaïen et avait souffert l'opération du trépan; il était affecté avec cela d'une hernie qui nécessitait l'usage continuel d'un baudage, ce qui inspirait quelquefois à Charlot une de ces grosses et mordaces plaisanteries qu'il disait si bien et contre lesquelles le sérieux d'un tribunal de guerre n'aurait pas tenu.

Cet ex-artilleur faisait ses délices de la pêche à la ligne. C'était une véritable passion. A partir du mois de mars à octobre inclus, le père B... passait presque tout son temps à fouiller les décombres et remuer les pavés pour recueillir des vers à tête noire. L'après-dîner, il tenait avec une vertueuse patience une gaule effilée, terminée par une ligne ornée d'un bouchon, mesurant la profondeur immergée de la ligne et se maintenant sur la surface de l'eau. Ce bouchon, que notre bon vieux pêcheur fixait avec l'immobilité constante et silencieuse d'un aspic, résumait matériellement toutes les joies et les plus saisissantes impressions de son cœur. A une oscillation, à une secousse de ce bouchon, vous l'auriez admiré. Son regard s'animait, le jeu nerveux de sa mâchoire redoublait et traduisait mieux qu'on ne saurait le dire les sensations agréables qu'il éprouvait. Il cherchait l'isolement. Ses pêches étaient presque mystérieuses; il lui arriva rarement de faire *fiasco*, tant il était patient et adroit. Si on l'interrogeait sur ses hauts faits de pêche, il vous regardait et ne vous répondait rien.

Cependant si on le louait, si on le chauffait, oh! alors, c'était différent; il vous faisait avaler des énormités. Un jour, disait-il très-sérieusement, il s'était battu avec une anguille et n'en avait triomphé qu'après deux heures de lutte... elle pesait dix-huit livres, l'anguille, bien entendu. Une autre fois, c'était un brochet qui lui avait fait faire deux lieues au pas de gymnase. Si on parlait de percôt, il en avait pris maintes fois aussi longs que ça. Et il empoignait pour donner une idée de la mesure de ce poisson ce qui lui tombait sous la main : un mètre, un manche à balai, une perche à houblon, n'importe.

Une fois il avait envoyé dans son pays la mâchoire d'une roche de fond de l'espèce anté-diluvienne. Je ne sais ce qui sera advenu de cette roche, dans l'impossibilité où elle se sera trouvée de faire remplacer sa mâchoire par un *dentier-Fattet*, ce qu'on assure être très-bien porté aujourd'hui.

La fille de cet artilleur, modèle de piété filiale par ses tendres soins, ses prévenances et son adorable dévouement, embellit les vieux jours de son respectable père et le fit arriver au bel âge de quatre-vingts ans.

Malheureusement cette intéressante personne, en fermant les yeux de son vieux père et ami, a perdu la pension viagère qui lui était affectée.

De nombreuses sympathies ont sollicité en vain du gouvernement une pension ou un emploi pour cette excellente orpheline.

Jusqu'à présent, je ne sache pas qu'on se soit souvenu d'elle. En attendant, elle lutte de tous ses efforts, et par des moyens aussi probes qu'ingénieux, contre le danger dont la menace sa position plus que précaire.

Nous qui la connaissons, faisons quelques vœux pour voir l'Etat venir bientôt au secours de cette fille de notre vieille et grande armée de France, de cette armée qui a laissé partout le monde et les traces de ses pas et les souvenirs de ses gloires.

Quand Perlin vit que son fils l'avait compris, il parut heureux. Il reçut les derniers secours de la religion. L'effort qu'il venait de faire avait été comme le dernier et plus scintillant reflet que lance une flammèche au moment où elle va s'éteindre. Il était mort.

Furcy lui succéda dans les fonctions d'organiste, et reproduisit invariablement pendant vingt années les airs qu'il avait appris à force d'être seriné.

Il aurait peut-être fait un musicien passable, s'il n'eût été abasourdi, lors de ses débuts, par les corrections brutales de son père. Furcy avait ce qu'on appelle de l'oreille et le goût du beau ; mais quand il s'agissait de déchiffrer sept ou huit mesures de musique, c'était pour lui un travail d'Hercule.

Capote basse, les lunettes campées sur le nez, s'essuyant la face incessamment, c'était bien là la plus rude épreuve à laquelle on pouvait le soumettre. Furcy se comporta en excellent fils, et partagea ses honoraires avec sa sœur et sa mère. Cette dernière fut toujours pour lui l'objet de ses délicates attentions.

Eléonore n'eut rien à désirer de lui ni de Sosthène jusqu'à sa mort, laquelle eut lieu sept ans après celle de son mari.

Mademoiselle Agnès, plus malheureuse que jamais dans son isolement, bien que son frère Furcy en prît soin, et qu'elle reçût aussi de Sosthène quelques secours, mademoiselle Agnès languit et mourut en 1828.

Constant accepta une place de garde-chasse à Saint-Gobain. C'était le désir de sa vie, le vœu le plus cher à son cœur. Il vit encore, et revient de long en long, aux époques d'ouverture de chasse, faire quelques razzias dans le pays qu'il a battu si longtemps, et dont il connaît les repaires favoris du gibier.

Furcy, réduit à la vie de vieux garçon, a végété modestement jusqu'à 1839 ; traînant ses meubles et ses hardes de chambre en chambre, cherchant à se caser, à se mettre en pension, éprouvant tous les déboires et désagréments qu'entraîne après elle la vie du célibataire.

Sa seconde femme était morte presque pauvre.

Peut-être aura-t-il regretté de n'avoir pas cherché à se rapprocher d'elle avant ses derniers instants.

Quoi qu'il en soit, Furcy mourut dans un état voisin de l'indigence.

Son dernier gisement fut la chambre d'une caserne inhabitée. Pas une main amie ne vint presser la sienne. Il n'avait aucun héritier direct, personne ne se présenta pour recueillir le peu de hardes qu'il laissait.

Eloigné des frères et sœurs qui lui survivent encore, ses yeux se sont fermés pour jamais à la lumière de ce monde. Puissent les consolants secours de la religion, qu'il a réclamés à ses derniers moments, lui mériter grâce et pardon pour les fautes que la fragilité humaine, inséparable apanage de notre nature, lui a fait commettre !

Que l'auteur de la vie le rémunère au séjour de l'immortalité bienheureuse, pour les tortures physiques et morales qu'il a dû subir à ses derniers moments ! Et si quelque jour vos affaires ou vos plaisirs vous conduisent à Saint-Gobain, et qu'il vous plaise voir Constant, vous le trouverez encore garde-chasse, à son poste. Il est un peu déjeté, un peu racorni, mais vous le reconnaîtrez à son bégaiement, à sa prunelle d'aigle, à son nez effilé, à sa physionomie pointue.

Vous lui demanderez selon la saison : une grive, une caille, une alouette, que vous lui payerez cent sous à l'avance, et vous aurez flatté autant que ménagé son amour-propre. Car Constant n'est pas riche, il s'en faut de tout. Ne vous avisez pas, cependant, de lui offrir des secours ou de l'argent sans lui demander quelque chose, comme un oiseau vulgaire pour compléter votre collection d'ornithologiste, car il les refuserait et vous montrerait le dos.

*FIN.